汪景瑛 汪景琇 著

杏坛吟草

知识产权出版社

本诗集是从汪氏兄弟1944—2017年的大量诗作中整理、精选出来的优秀作品汇集而成三百余首诗词。作品多数为格律诗，写作时间跨度大，从作者的少年一直到

风多样，有的潇洒豪放，有的深沉凝重，有的激情似火，有的澎湃如潮；形

我爱故乡山，澄清尘不染，
岭高接碧天。
日夜奏琴弦。
峰峦皆峻峭，我爱故乡云，
疑是老龙盘。
悠闲笼碧魂。
我爱故乡水，舒卷皆如意，
溪流绕庄田。
祥瑞笼山村。

**图书在版编目(CIP)数据**

杏坛吟草/汪景瑛,汪景琇著. —北京:知识产权出版社,2018.1
ISBN 978-7-5130-5390-7

Ⅰ.①杏… Ⅱ.①汪… ②汪… Ⅲ.①诗词－作品集－中国－当代 Ⅳ.①I227

中国版本图书馆CIP数据核字(2018)第002037号

**内容提要**

本诗集是从汪氏兄弟1944—2017年的大量诗作中整理、精选出来的优秀作品汇集而成的,共计三百余首诗词。作品多数为格律诗,写作时间跨度大,从作者的少年一直到暮年。诗风多样,有的潇洒豪放,有的深沉凝重,有的激情似火,有的澎湃如潮;形式上有五言、七言绝句,五言、七言律诗,还有自由诗;题材广泛,抒怀、追忆、感悟、励志、讴歌,处处表达出对祖国的热爱、对真善美的追求,对时代的赞美。

**责任编辑:** 许 波　　　　**责任出版:**孙婷婷

---

**杏坛吟草**
XINGTAN YINCAO

汪景瑛　　汪景琇　著

---

| | |
|---|---|
| 出版发行:知识产权出版社有限责任公司 | 网　　址:http://www.ipph.cn |
| 电　　话:010-82004826 | http://www.laichushu.com |
| 社　　址:北京市海淀区气象路50号院 | 邮　　编:100081 |
| 责编电话:010-82000860转8380 | 责编邮箱:xbsun@163.com |
| 发行电话:010-82000860转8101 | 发行传真:010-82000893 |
| 印　　刷:北京嘉恒彩色印刷有限责任公司 | 经　　销:各大网上书店、新华书店及相关专业书店 |
| 开　　本:720mm×1000mm　1/16 | 印　　张:19.5 |
| 版　　次:2018年1月第1版 | 印　　次:2018年1月第1次印刷 |
| 字　　数:126千字 | 定　　价:41.00元 |

ISBN 978-7-5130-5390-7

# 前 言

一段时间以来，有一种冲动在心中激荡，总希望在有生之年，把先父和我们兄弟几人的诗作整理，精选结集出版。这是对逝者最好的祭奠，对来者深情的嘱托，这种想法得到四弟景琇的赞同和支持。经过一个多月的劳作，诗集《杏坛吟草》终于面世。愿把此书献给我们的亲人、朋友和一切爱好诗的人们。

本诗集分四部分：卷一即璞卷，是大哥景璞的诗。大哥是我国著名的电气工程专家，生前是哈尔滨电工学院教授，为我国电线、电缆事业做出了很大贡献。他还是诗人、作家，一生写诗8600多首，选入书中的150首诗，是他诗作中的很小部分。卷二即瑛卷，是我的诗。我本平庸，生活道路坎坷，历尽艰辛，最后投身杏坛，终生做高中数学教师，是中学高级教师、特级教师，对中学数学实践和理论作过深入的探讨，取得了不少有益的成果。诗集中收入我的诗100首。卷三即琇卷，是四弟景琇的诗。景琇是国际知名的太阳物理学家，中国科学院院士，中国科学院国家天文台研究员，中国科学院大学教授，诗集中收录他的诗作50首。附录中是先父的诗。先父正直、善良、睿智，一生诗作颇丰，但大多散失，仅从能找到的诗中，选20首编入本集。我还有一位兄长二哥景瑞和妹妹景珍。二哥景瑞小学毕业，已考入师范，正准备入学，朝鲜战争爆发了，他放弃了学业，投笔从戎，赴朝参战。那时，他还是一个15岁的孩子，后来他告诉我，他参军除报效国家外，另一个重要原因是为了减轻家庭负担，让兄长、弟、妹都能顺利地完成学业。由于家庭出身和父亲的历史问题（在国民党统治时期曾作过一段文职官员），政治压力和生活窘迫是难以想像的，二哥的参军对于减轻这种压力和窘迫起了很好的作用，使我们顺利地度过了那段艰苦的岁月。诗集中没有他的诗，但他那种为国为家的牺牲和奉献，就是一首壮美的诗篇。妹妹景珍中专毕业后，远离家乡，赴山东淄博参加创建齐鲁石化公司的会战，以后就一直在那里工作，一生都献给了祖国的石油化工事业。二哥已离去四年，我们永远怀念他。

本诗集时间跨度很大，诗集中最早的诗是大哥的《萤火虫》，写于1944年。那时，他只有11岁；最晚的诗作是四弟的《宇宙探索者之歌》，写于2017年，时间相距70多年。70年的沧桑岁月，我们的祖国，我们的家庭，甚至连我们自己都发生了重大变化：双亲已仙逝多年，两位兄长在四年内相继离世，我也已经成为双鬓皆白的老者。在整理这些诗时，不免会回首往事，那困境中每步艰苦的跋涉，成长中每个崭新的里程，生活中每次重要的变迁都历历在目，如发生在昨日。曾几何时，因迷茫而步履唯艰，因信念而一往直前，因愤怒而拍案而起，因执爱而热泪盈眶，有登东皋以舒啸的豪迈，也有月下低吟的孤独。我们把心灵激动的瞬间、灵感闪烁的刹那，升华为一首首小诗，讴歌追求和探索、呐喊热爱和憎恶，吟诵对祖国和人民的忠诚，倾诉对故乡的思念、对亲人的深情……这些诗，是我们从生命之树上摘取的几枚绿色叶片，从岁月长河中捕捉的几朵流动浪花，从理想的天空发现的几颗闪烁之星。这些诗可能写得并不好，甚至拙劣，但都是我们呕心沥血写出的，让我们珍爱，是我们生命的年轮，心灵的直抒，灵魂的吟唱。

我们的故乡很美，她座落在辽宁东部山区。村的四周，层峦叠嶂，沟壑纵横，东、南两面两条清澈的小河，唱着欢歌流向远方。春来了，一簇簇马蔺像一块块黛色的玉，散落在山脚下、小溪边、小路旁，待春风吹开了遍野的杏花、桃花、梨花时，马蔺也开出独特的紫兰色的花，天上飘着白云，碧野上镶嵌着紫蓝色的宝石，碧野青天扬溢着诗的旋律。山赋予我们性格，水赋予我们智慧，清风明月唤起我们诗情的萌动。祖父是故乡第一个有文化的人，一百多年前，他走出大山，在沈阳就读于奉天两级师范。毕业后，回到家乡守着先辈留下的几十亩山地，或读书，或写字，或流连于山林，或行吟于阡陌，过着半耕半读的生活。后来，他设一私塾免费为乡亲们的子弟传授知识，当时我只有四五岁，常去祖父的私塾，听朗朗的书声，时间一长，耳濡目染，也会几句，"云对雨，雪对风，大陆对长空……"对仗的启蒙教材，还有刘禹锡的《陋室铭》："山不在高，有仙则灵，水不深，有龙则名……"父亲天生睿智，有深厚的国学基础，不但自己能写诗，还指导我们学诗，曾给大哥和四弟改过诗。记得祖父去世的当天晚上，全家笼罩着悲痛的气氛。父亲教我们白居易的《燕诗示刘叟》："梁上有双燕，翩翩雄与雌。衔泥两椽间，一巢生四儿……"那富有哲理的诗句，到现在还能背诵。受家庭的熏陶，我们血液里流淌着诗的基因，尽管我们兄弟三人都是学理工的，没有接受系统的文学方面的教育，还是和诗有了不解之缘。

父母在极其困难的情况下，含辛茹苦，把我们抚育成人，教导我们要修身、立志、笃行、报国，要老老实实做人，认认真真做事，使我们受益终生。感谢父母，给予我们健康的体魄、顽强的意志，使我们在困难和逆境中仍矢志不移，昂首前行。告慰双亲的是景琇四年前已是中国科学院院士，这是故乡的骄傲，更是我们家庭的骄傲，父母若地下有知，将含笑于九泉。

　　我们兄弟三人都是教师，祖父和父亲也做过教师，大嫂、二嫂和我们下辈中有三人也是教师。因自祖父始往下四代一共有十位教师，故以"杏坛吟草"作为本诗集书名。

汪景瑛

2017.12 于北京东景苑

# 目 录
## CONTENTS

卷一
璞卷
———

# 故乡

我爱故乡山，
岭高接碧天。
峰峦皆峻峭，
疑是老龙盘。

我爱故乡水，
溪流绕庄田。
澄清尘不染，
日夜奏琴弦。

我爱故乡云，
悠闲笼碧魂。
舒卷皆如意，
祥瑞笼山村。

我爱故乡树，
柏松四季青。
骄杨浴雨秀，
柔柳凝春情。

我爱故乡花，
彩光凝韵华。
馨花醉乡里，
清丽惠农家。

我爱故乡田，
依山傍水边。
桑梓多沃土，
尽是米粮川。

# 江南三月雨

多情三月天，
细雨满江南。
推窗遥相望，
隐约见锡山。

春风梳柳岸，
晓雨催杜鹃。
无锡水韵美，
我独爱二泉。

游园寄畅思，
微雨细如丝。
倚栏观鱼乐，
浪漫醉吟诗。

谁怜游子心，
何处觅知音。
客梦天涯外，
旅居柳色新。

# 春日偶思（六选二）

## 一

原本辽东子，
今为震泽翁。
江南连塞北，
风雪孕豪情。

## 二

遥思入梦笼，
诸弟各西东。
泪洒江南雨，
深沾骨肉情。

# 静夜思

思绪渺天涯，
云横万里家。
故乡遗旧梦，
犹见岭头花。

陌居久徘徊，
月光照影来。
风帘谁掀起，
似觉爱妻回。

## 春柳

柔柳如仙女，
迎春展秀枝。
含羞梳墨发，
论嫁待何时。

## 红牡丹

天资凝雅韵，
国色润诗魂。
不受女皇宠，
洛阳独占春。

## 偶感

耻作随风客，
羞为金玉囚。
荣华皆有度，
风雨百年秋。

## 幽谷飞瀑

谷幽飞瀑鸣，
高阁睡云峰。
人醉苍山景，
遥听天籁声。

## 海角天涯

### 一

壮怀游海角，
潇洒到天涯。
风雨百年梦，
人生四海家。

### 二

欲追东坡梦，
从容作海囚。
笔润南海水，
豪迈写春秋。

## 广元皇泽寺（四选一）

瞻仰皇泽寺，
感慨叹古今。
人生百岁后，
荣辱皆消沉。

## 刘公岛

小立刘公岛，
壮怀叹古今。
遐思流热泪，
威海吊忠魂。

## 成都望江楼

登楼望大江，
烟雨莽苍苍。
游子飘泊梦，
天涯思故乡。

## 鼓浪屿

敞怀迎海风，
鼓浪梦中情。
遥看云天阔，
遐思任纵横。

# 碣石怀古（四选二）

## 一

迎风停立黑山头，
汉武台空水自流。
大海苍波浮日月，
人间征战几时休。

## 二

魏武挥鞭傲海崴，
仙台残址笼夕辉。
秋风萧瑟洪波涌，
月魂星魄逐浪飞。

## 林海遗梦（十二选四）
### ——谪贬荒村回忆

### 一

心冷难耐岁寒风，
囚困茫茫雪海中。
最是伤心春节夜，
独斟苦酒待天明。

### 二

力拖爬犁印雪痕，
寒风凛冽啸山林。
归来犹觉浑身悸，
偶听狼嚎欲断魂。

## 三

满腹诗文罪我身，
浓与书稿共蒙尘。
乌云妖雾迷天地，
万里冰封不见春。

## 四

清原父母盼儿归，
怅望松江泪断魂。
何故经年无雁信，
双双白发依柴扉。

## 忆妻

欢情万事已沉埋，
紧锁愁眉久不开。
夜雨敲窗惊我梦，
开门疑是老妻回。

## 野趣

江南三月百花红，
斗艳争芳烟雨中。
郊野踏青蝶引路，
清溪一曲小桥横。

# 天山天池

博格达峰高插云，
山如碧玉水如银。
天然画卷谁描绘，
半是骚人半是神。

## 春游寄畅园

寄畅园中寄畅思，
无边翠绿惹人痴。
品茗独坐修篁里，
醉看梨花雪满枝。

## 罗布泊凝思（二选一）

古国神游大漠秋，
皎皎明月耀沙丘。
驼铃摇落长河日，
难觅楼兰烟雨洲。

## 游园

金乌西坠晚霞熏，
游客归家鸟入林。
我自徘徊迎皎月，
芳园吟诵醉黄昏。

## 谒孔林

敬仰先师谒孔林，
苍松郁郁柏森森。
人间长颂春秋笔，
钟仁钟义励后昆。

## 恒山览胜（二选一）

恒山绵亘立苍穹，
对峙双峰靓秀容。
奇观最是悬空寺，
参天松柏碧葱葱。

# 抗日联军颂

## 一

火烤胸前背后寒，
餐风宿露历艰难。
南征北战歼魔鬼，
碧血悲歌十四年。

## 二

国恨家仇怒火烧，
冰河雪地奋英豪。
白山黑水英雄胆，
剑气刀光斩鬼妖。

## 霜天秋韵

### 一

又是霜天落叶时，
多情稻穗舞腰姿。
老翁陌上寻幽兴，
大好秋光入我诗。

### 二

黄碧相间稻海平，
忽闻远籁送秋声。
霜天落叶惊霜雁，
列队横空唳远空。

## 立冬抒情

十月江南树未凋，
仰天笑看雁声高。
醉将彩笔书云笺，
寄我诗情到碧霄。

## 武夷山抒情（二选一）

八潭连珠蔚壮观，
瀑流溅溅水潺潺。
深秋谁奏家乡曲，
启我心扉思故园。

# 游天台山

豪情寻梦上天台，
顿觉仙风扑面来。
停立赤城朝玉阙，
满天星斗入胸怀。

# 客路遐思（三选一）

碧水青山杂履痕，
高天厚土鉴丹心。
莫愁客路无知己，
行遍天涯有故人。

# 游洋河江抒怀（二选一）

夜郎古国早消沉，
千古文明何断魂。
洋河江边思往事，
惊涛与我共悲吟。

## 通天河吟

高原荒漠绝人烟，
千古冰川万仞山。
冰雪晶莹辉玉宇，
融流原是大江源。

# 天路

## 一

英雄筑路月星寒，
饮雪餐风几度年。
车走高原通绝域，
笛声唤醒万重山。

## 二

天路迢迢连宇穹，
高原千里走神龙。
诗吟青藏山河秀，
绝域雪莲绽笑容。

## 神游酉水吊夜郎（三选一）

阮陵古墓早尘封，
酉山酉水未了情。
自大夜郎今已杳，
只留迷梦暮烟中。

## 庐山

漫歌飞瀑三千丈，
醉抒豪情一万年。
放眼庐山经巨变，
喷薄旭日照江天。

# 秋声感怀（五选二）

## 一

断续秋声游子吟，
乡关万里忆娘亲。
伤情难禁珠珠泪，
碧海苍天夜夜心。

## 二

酹酒吟风向晚夕，
闲情独坐绿烟堤。
长空雁阵飞云笺，
神笔横天写传奇。

## 偶兴

淡出江湖客影稀，
久疏仕事静幽居。
饥寒无虑闲无事，
夜教孙儿吟古诗。

## 西陵烟云

云横三峡大江秋，
烟笼西陵碧水悠。
飞雾迷蒙千嶂雨，
奔腾淘尽古今愁。

# 秋夜思

## 一

横空白露雁南飞，
万里飘游人未归。
远望辽东思漫漫，
一轮秋月入窗扉。

## 二

仰望中天月半明，
夜凉万籁静无声。
凝思好句三更后，
风送秋蝉断续鸣。

# 立秋偶感

## 一

天涯创业离家乡，

岁月悠悠两鬓霜。

壮丽人生如一梦，

百年过客叹凄凉。

## 二

鲜花鲜艳一时新，

雨箭风刀凌作尘。

富贵荣华难持久，

人生何必叹沉浮。

## 陶渊明

怡情醉写田园诗，
坐对南山晚梦迟。
归去来兮恋垄亩，
东篱喜见傲霜枝。

## 李白、杜甫

谁执神笔写豪情，
诗圣诗仙二巨峰。
凝烁隽永工部句，
风流潇洒太白风。

## 偶兴（二）

遥思诸弟远天涯，
怅望星河老眼花。
断续松涛来远籁，
融融月色透窗纱。

## 龙虎山纪游（七选一）

龙吟虎啸荡天风，
万壑松涛穷碧空。
问道寻仙攀古径，
悠静一梦此山中。

# 呼伦贝尔吟

## 一

呼伦贝尔碧连天，
秀丽双湖汇百川。
海酒飘香疑圣水，
豪情骚客醉龙泉。

## 二

古木参天原始林，
草原广袤碧无垠。
青山绿水钟神韵，
云树烟霞捭俗尘。

# 咏雪（四选一）

## 一

万壑千山舞玉龙，
酷寒大地孕春风。
漫天飞雪迎青帝，
浪漫山花带雨红。

## 二

寒凝苍天草木悲，
冰封大地雪花飞。
一声春雷惊环宇，
万物苏生沐晓晖。

# 春吟

## 一

杜鹃吟唱杜鹃红，
百鸟和鸣恋惠风。
塞北江南春灿熳，
尧天舜地祭清明。

## 二

踏青郊游太湖边，
醉看葱笼两岸山。
鸥鹭翔飞寻旧侣，
我独惆怅望归帆。

# 夏吟

## 一

采玉掘全又一年，
三更伏案月星残。
真情浇绽花千朵，
诗海扬帆蹈巨浪。

## 二

夏至又逢梅雨天，
烟云迷漫暗峰峦。
雷声惊醒三更梦，
起坐犹思山海关。

# 钱塘观潮

## 一

晴雷声中万马腾，
翻江倒海鬼神惊。
巨潮呼啸何汹涌，
似为人间鸣不平。

## 二

猎奇观胜不思归，
烟笼钱塘月笼晖。
潮涨潮消终有兆，
人间祸福总巡回。

# 萤火虫

稚子携团扇，
庭中共扑萤。
翩翩青草地，
缓缓绿杨汀。
腐卉原为体，
残磷好似形。
车生若得此，
分作读书灯。

# 黄河吟

一泻八千里，
狂涛劈昆仑。
咆哮润禹甸，
潇洒跃龙门。
雄凝神州史，
气蕴华夏魂。
韶歌天水颂，
盛世啸风云。

# 赴九寨沟途中　夜宿南坪山城

飞车赴九寨，
夜宿小山城。
断岩垂黛幕，
险峰笼翠屏。
云遮半轮月，
星隐万户灯。
幽境知何处，
松涛断续鸣。

# 咏黄山石

黄山多石峰，
秀立各峥嵘。
如柱又如笋，
似剑亦似钟。
飘渺疑兽走，
俊美幻人形。
怪奇何灵气，
伟哉造化功。

# 奇松

黄山烟雾中，
痴意醉奇松。
鳞干幻银风，
虬枝舞翠龙。
立卧都多彩，
仰俯皆含情。
招手喜迎送，
风骚带笑容。

# 北京香山曹雪芹故居

故居何处寻，
黄叶有荒村。
翠竹荫孤院，
古槐掩陋门。
香山留遗梦，
碧水忆芳邻。
醉写兴亡史，
红楼血泪痕。

## 春到江南

多情三月天，
桃李秀江南。
客梦青山外，
泊舟碧水间。
春风苏草木，
晓雨润田园。
策杖听鸠唤，
诗情荡柳烟。

# 游小三峡滴翠谷（三选二）

## 一

如游神仙洞，
似入翡翠宫。
青嶂迷彩雾，
苍松冷碧空。
鹰飞帘水洞，
猴戏登天峰。
更有古栈道，
悬崖断续横。

## 二

幽哉滴翠峡，
奇美不虚传。
鸟恋神泉水，
猿啼佛摩岩。
无峰不峭壁，
有水尽飞泉。
人醉翡翠谷，
归真恋自然。

# 西陵夜泊（二选一）

西陵风波险，
偏向险中行。
天上皎皎月，
人间灿灿星。
飞舟破迷雾，
逆水过奇峰。
心宇连天宇，
山程兼水程。

# 翠云烟雨（二选一）

漫步翠云廊，
凸凹石路长。
暮云遮冷月，
晓雾凝寒霜。
针叶含烟碧，
虬枝带雨苍。
绵亘三百里，
古柏自成行。

# 五丁峡①

雄峡笼烟云，
开山赞五丁。
俯仰天地暗，
合瞑日月沉。
历历刀劈印，
鳞鳞斧凿痕。
飞栈今作古，
杜宇枉招魂。

①剑阁古栈道有雄险山峡传为五名勇士开劈。

# 游天水麦积山

## 一

河西有灵岳，
巍巍麦积山。
苍松荫古径，
深谷秀新园。
翠竹迷轻雾，
鲜花漫野烟。
徘徊天水路，
却疑到江南。

## 二

西塞彩云开，
黄河天上来。
晴云留履迹，
爽气入胸怀。
游乐生浮想，
吟哦共举杯。
骚人醉麦积，
此地胜蓬莱。

## 南岳吟

独秀横南国，
凌空势若飞。
碧云翻海浪，
红日映霞晖。
春色人迹密，
秋声雁阵回。
登临入仙境，
谈笑不思归。

## 淄川杏林

古镇又逢春，
农舍柳色新。
繁枝争绣玉，
高树尽堆银。
客恋淄川水，
人醉杏花村。
幽林鸟语脆，
芳径独啸吟。

# 游苏州东山司徒庙赞柏树

　　司徒庙里有清、奇、古、怪四株柏树，均有千年树龄，中外闻名。余观树有感，诗之。

## 清　柏

潇洒立九天，

风雨越千年。

含笑斗霜雪，

从容耐暑寒。

峥嵘晖日月，

苍郁美河山。

人生应效此，

清名万古传。

## 古柏

鳞柱腾青龙，

攀飞跃九重。

雨洗增秀色，

雾笼隐新容。

玉干侍寒日，

虬枝恋惠风。

千秋永不老，

万古傲苍穹。

## 奇柏①

古木又逢春，

人间不易闻。

肢残心不老，

骨裂志常存。

春伴寒梅笑，

冬耐霜雪侵。

乾坤有正气，

奇柏最坚贞。

①此树已枯死经年，树干掏空，皮尽无，仅有残干立于天地，但春风化雨，古木复活，在残干上又长出新枝，复现苍郁，称之奇柏。

## 怪柏①

无故遭雷轰，

枝干各西东。

分身化伏虎，

卧地起飞龙。

刚毅迎春雨，

坚贞待惠风。

无故遭魔难，

怪柏死复生。


①此柏曾招雷去劈成东西两半而死经年，后又复生在倒地的卧干上各生一柏，显示出生命之顽强。

# 忆古

孤寂李清照，
伤情朱淑真。
破残芳草梦，
清高才女心。
悲愤愁永夜，
凄凉不见春。
谁怜薄命女，
对月吊词魂。

# 海南吟

## 一

海角原无角，
天涯实有涯。
丹心醉海月，
赤脚印滩沙。
烟雨十年梦，
风波万里家。
东坡何处觅，
含泪问浪花。

## 二

波摇双龟动，
月映鹿回头。
俯看碧海阔，
惊观玉宇浮。
桥横云汉水，
星耀仙岛楼。
小居三亚夜，
疑在天国游。

# 偶兴（三）

赏景游园不忍归，
流泉引我觅芳菲。
紫薇泛彩凝狂蝶，
霜菊初黄映碧溪。
岁月漫随云水逝，
豪情更羡雁鸿飞。
秋光醉写重阳颂，
盛世豪歌唱晚晖。

# 三亚湾远眺

心醉神迷三亚湾，
鹿城遥见笼云烟。
龟屿隐卧碧涛静，
牛渚潜伏银浪闲。
海角多情寻知己，
天涯有幸访先贤。
云天辽阔夕阳媚，
满眼风光送远帆。

# 悠游

一棹春风一叶舟，
烟波江海羡沙鸥。
无边浩瀚畅寥廓，
万类霜天竞自由。
天上白云舒犹卷，
湖中碧水静还流。
此生常记忧和乐，
欲伴诗仙浪漫游。

## 大伙房水库

故居傍依大伙房，
芳林深处是故乡。
青山毓秀岚光媚，
小径通幽云路长。
碧水四周松柏翠，
浑河两岸稻花香。
天涯遥望亲情切，
游子归来两鬓霜。

## 游醉翁亭

琅琊秀立彩云中，
水色岚光照眼明。
人影漫随山影动，
泉声欲和鸟声鸣。
诗仙潇洒诚狂客，
太守风流誉醉翁。
赏菊观枫情未了，
遥听天籁动心旌。

# 游张家界纪兴（二选一）

人入武陵忘俗忧，
掇青挹翠兴悠悠。
山栽灵木千峰秀，
水织索溪百曲流。
仙女桥高紫气爽，
观音洞静彩云浮。
松涛澎湃生林海，
漫乘浮槎仙国游。

# 庐山吟

庐山独峙楚江秋，
风景幽奇誉九州。
迷雾有声惊客梦，
碧云着意伴神游。
森森古洞迷烟霭，
浩浩鄱阳醉鹭鸥。
漫咏诗仙飞瀑句，
银河弄棹荡飞舟。

## 登庐山　赞三宝树

一株银杏两株杉，
夏耐高温冬耐寒。
玉柱冲空托日月，
虬枝育雨掛云烟。
峥嵘拔地三千尺，
苍郁迎风五百年。
人生应笑长青树，
永留春色美人寰。

# 登衡山

一夜潇潇雨乍晴，
烟霞变幻隐奇峰。
迷迷误入瀛洲岛，
飘飘疑立蓬莱宫。
下望江流穿石谷，
遥看天柱出云层。
松涛化作心潮涌，
伴我乘风跨碧龙。

# 九江吟

迎风小立九江头，
极目楚天岁月稠。
长堤高坚排巨浪，
锦舟轻快击中流。
山光绮丽映春水，
柳色清新染绿洲。
颂景吟诗无限乐，
长空浩浩水悠悠。

# 望月

仰望东天玉兔升，
中秋祭拜太阴星。
心怀故国播仁爱，
光耀神州送韵情。
寂寞寒宫清且冷，
高高银宇暗还明。
嫦娥若许归乡里，
接迎飞舟一日程。

## 岳麓山吟

阳和岁转玉宇清，
风卷残云雨乍晴。
古木峥嵘春似海，
大江澎湃浪排空。
涓涓流泉千秋水，
巍巍嶂岭万古松。
寄语东风抒壮志，
赞歌一曲颂长征。

## 水色涛声

文津阁连万树园，
峥嵘古木碧连天。
月色映辉金玉岛，
江声豪引热河泉。
分明胜景在塞外，
却疑此地是江南。
吟风小立水光榭，
心旷神怡恋自然。

# 夜宿江陵

宝塔凌霄镇碧流，
楚江东去百舟浮。
江陵灯市花光夜，
远影白帆烟雨秋。
遥望汉阳云漫漫，
直通巫峡水悠悠。
新城小住情无限，
醉写诗词忆古州。

# 太湖晚渡

星灿夜空湖水平，
娇娇玉女晚装成。
茫茫浪激三千顷，
渺渺云浮七二峰。
大雁横天飞远浦，
轻舟破浪鼓长风。
三山静睡波涛里，
醉听涛声待月明。

## 登山遇雨

细雨迷濛天又阴，
乱云飞渡近黄昏。
雾封幽谷迷归路，
水漫阴廊欲断魂。
顿感云峰风飒飒，
惊观雨景树森森。
流连忘却来时路，
古寺钟声入耳闻。

# 暮春

不惊岁月去匆匆，

七秩年华一梦中。

绿柳恬情梳秀发，

黄英①流韵荡春风。

采花蝴蝶哭残蕊，

啼血杜鹃祭落红②。

寓居江南思塞北，

青山漠漠水淙淙。

①指黄花菜花。

②杜鹃花，牡丹花先后凋谢，落红满地。

# 游楠溪江抒怀

## 一

秀比漓江诱客来，
耕波犁浪畅心怀。
渔村隐隐云中静，
烟树重重梦里栽。
八斗七星芙渠屿，
三潭九瀑石门台。
楠溪醉我思灵运，
画意诗魂圣境开。

## 二

秀在深闺久未知，
此生应悔来游迟。
古村珍树仙侣醉，
峻岩奇峰骚客痴。
月朗星明辉古洞，
龙吟虎啸誉楠溪。
漫思灵运滋灵悟，
碧水青山入我诗。

# 九华山十景颂（十选五）

## 天柱仙踪①

喜攀天柱觅仙踪，
云雾迷蒙看劲松。
五老悠游留履迹，
九华凝秀幻神龙。
岚光辉灿映牛斗，
紫气氤氲笼月星。
我立高峰迎晓日，
韶歌渺渺入苍穹。

①天柱仙踪为九华山十景之二传说有五老在此成仙。

# 化城晚钟①

绿海苍林芳草坪，

佛祖点化是为城。

东岩暮霭荒烟紫，

西岑飞霞残照红。

灯火辉煌梵宇静，

星河皎洁月宫明。

天涯雪梦青天外，

夜半钟声远世情。

①化城晚钟为十景之三，化城寺位于九华山上九华街。传说，九华街原为九华山中一平地，由佛祖点化而成城，故称之为化城。

# 平冈积雪①

高山澄澈舞银龙，

醉恋九华一冈晶。

灵台②重重砌碧玉，

莲花③朵朵坼瑶英。

寻梅踏雪罗浮④梦，

赏景吟诗骚客情。

最是中霄明月夜，

素娥邀我入琼宫。

　　①平冈积雪为十景之五，相传是宋朝宰相程管为便于游人赏景，人为地在
岑头和回香阁之间推土成平冈。

　　②灵台指九华山最高峰。

　　③莲花指九华山九峰。

　　④罗浮指广东增城罗山和浮山，此处泛指仙境。

## 五溪山色

翠竹苍松一涧秋，
五溪山色望中收。
林涛澎湃撼幽谷，
山势嶙殉遏细流。
荡荡石桥通古塞，
宫宫泉水润芳洲。
知音最是多情鸟，
飞遂烟霞导我游。

## 舒泉映月

瓔珞潭水碧映天，
游客流连舒姑泉。
明月有情逸倩影，
清风着意结仙缘。
弦歌悦耳传神话，
雅韵悦心赋锦篇。
返璞归真人自愉，
悠闲一梦彩云间。

## 再登泰山

莫叹人间行路难，
今生我最恋登攀。
醉吟东岳三千仞，
傲啸南天十八盘。
畅意云峰苍柏秀，
钟情河海寸心丹。
无边遐想寄飞瀑，
化作诗魄付泰山。

# 三登泰山

天涯书剑访诗仙，
万里游踪上泰山。
李杜留诗传百代，
帝王禅拜誉千年。
登峰欲觉山河秀，
观日方知天海宽。
我欲乘风飞天去，
韶歌一曲醉青峦。

## 四攀泰山

傲立东方毓鲁齐，
祥云紫气悟天机。
石因刻字钟灵秀，
松被封官生傲枝。
仰沐神风驱雾霭，
静观海日驾霞霓。
青山碧水诱人醉，
漫步天街凌太虚。

## 春节寄台湾吟友

时空迅转又逢春，
云水茫茫忆故人。
雁信飞飞传远念，
鱼书款款寄丹心。
中华一统殷期望，
台陆搭桥共举樽。
宝岛情牵长入梦，
高山流水入瑶琴。

## 成吉思汗颂

神州千古颂天骄，
勇挚弯弓射大雕。
风舞旌旗星月灿，
雷鸣鼓角地天摇。
开疆伟业超秦汉，
奠基大都继舜尧。
啸傲一生光史册，
中华黎遮赞英豪。

## 蓬莱岛

蓬莱自古誉神宫，
飘渺丹崖悬碧空。
北接幽燕千里雪，
西连齐鲁万壑风。
诗吟海市波烟阔，
醉望蜃楼灯火红。
山水清明隐雅士，
八仙逸影觅无踪。

# 秋兴（三选二）

## 一

又是金风萧瑟时，
哀禽争闹露霜枝。
天高云淡秋光媚，
水远山遥雁阵迟。
独坐幽林忆往事，
静观红叶启新思。
时空飞转人难老，
岁月如歌伴古稀。

## 二

映山湖水荡轻舟，
落叶潇潇动客愁。
万类霜天横白露，
重阳菊韵伴金秋。
人生如梦烟云幻，
世事多艰风雨稠。
老病久疏身外事，
吟诗赏月夫何求。

# 纪游

游遍神州兴未赊，
山光水色满胸怀。
长河激浪连天湧，
大海惊涛向日拍。
畅意行吟登琼岛，
豪情寻梦上瑶台。
此生愿劾诗仙乐，
漫写诗歌醉九垓。

## [双调] 折桂令·虚度

平生不会忧思，才会忧思，永在忧思。谪居荒野，流落山村，暂困陋室，空有抱负有谁知？虚度晨光无尽时。只有来时，可有归时？灯半亮时，月半明时。

## 渔歌子·秋兴

桂花笑，菊花开，白露横天秋月白。金风劲，雁归来，又重阳，登高畅胸怀。

## 于飞乐·洞庭湖——岳阳楼

洞庭山，洞庭水，山青水秀。靓岳阳，千古名楼，杜工部，李谪仙，逸情吟呕，仲淹谁侍。云梦泽，名冠神州。日当头，月当头，鸟飞兔走，开盛世，人物风流。创大业，启壮猷，志冲斗牛。湘湖儿女，展才华，美化金瓯。

## 玉楼春·祭范仲淹

后乐先忧留警言，人民长祭范仲淹。思泽浩荡洞庭水，品德高耸天平山。

岳阳楼上诵遗篇，铮铮铁骨激心弦。苏姑城外范公祠，枫叶如火柳如烟。

## 西江月·赴九塞沟途中

越过青川文县，暮晚直抵南坪。川北陇南一路通，路险山高云横。
八百里路行程，十二小时风烟。四围青山一江水，伴我飞奔仙山。

神思九塞仙境，知音结伴神游。历尽艰辛方知乐，豪情笑度春秋。
一路欢歌笑语，乘兴吟歌唱和。白龙接引到九塞，醉迷山光水色。

## 江城子·赤壁

东坡词赋李杜诗，千秋颂，天下知。黄州古迹，应悔来游迟。恰是
中秋明月夜，登赤壁，正宜时。难忘今霄无限乐，忆苏子，寄情思。豪
情相继，千古有相知。浩瀚江涛声入耳，助雅兴，写新词。

## 木兰花·鼋头渚

欲问太湖绝妙处，郭老诗赞鼋头渚。碧波万顷荡兰舟，七十二峰水中浮。欲乘浮槎惊飞渡，三山仙岛是蓬壶。畅游碧水觅诗魂，醉看郁郁松和竹。

## 思远人·咏梅

天涯风雨醉东君，独领报花春，凌霜傲雪，铁骨冰心，幽梦觅香魂。尘埃怎奈傲骨坚，伊人倩影在何方？万里思乡，冰清玉洁，高风亮节，晓梅笑群芳。

## 醉花间·春满神州

漫天飞雪迎春到，欣看梅花俏。大地和风吹，长河绿芳草。冰融春潮闹，紫燕归来早，桃李盈盈笑。海晏河清人未老，歌盛世，颂今朝。

## 临江仙·井冈山

遥望五指碧葱葱，满山翠竹苍松。五哨险峻云雾浓，溪流淙淙，飞瀑掛彩虹。都道五井隐蛟龙，齐聚天下英雄。燎原星火红彤彤，唤起工农，华夏大宏。

雾霭飘渺笼奇峰，山栽秀木云松。五哨隐约绝礕中，故垒犹存，哨壁留弹痕，蛇径鸟道人难行，犹见当年旧踪。无敌红军是英豪，星火熊熊，军魂照汉青。

## 天仙子·咏荷

凌波仙子荷塘立，田田裙幔连天碧。晶心慧质出污泥，逸香韵，洁如璧，怡情更恋银河浴。

## 天门谣·过剑门关

久知剑门险，隔川陕，烟云迷漫。抬望眼，栈道半空悬。待雨歇风微阴云敛，携妻挽子上剑山，情满怀，抒寥廓，月上东山。

## 木兰花·微山湖

轻摇兰舟掠水面，微山湖水净如兰。四周云树碧葱茏，十里荷塘红烂漫。几个渔舟离柳岸，一行白鹭上青天。赏景吟诗不忍归，月上中天兴未澜。

## 木兰花·太湖

清明三月桃花灿，雨洗太湖芳草岸。浩淼烟波三千顷，七十二峰隐约见。鸥鹭旋飞掠水面，白帆点点向天边。心醉情怡迷幻境，凌波戏浪羡八仙。

## 玉楼春·伤秋

借取太湖作砚田，一椽松笔挥墨翰，唐音宋韵寄豪情，云霞万里高飞燕。一轮明月照书案，骚人醉赋春光恋。惠风俄而畅老心，皎皎银汉星光灿。

## 渔父·方志敏

可爱中国凝丹心，凛凛正气赋清贫。最坚贞，方志敏。英魂在，九州钦。

## 渔家傲·离愁

青帝不忍子规啼，匆匆辞返无留意。雨满苍天风满地，淡出江湖车马稀。鱼书雁信何由寄！故乡塞北归无计。每逢佳节忆离别，诗人白发涓涓泪。

## 啰唝曲·忆少年

昔戏浑河水，更登高尔山。故乡云梦远，白发忆少年。

## 啰唝曲·望台湾

梦游明潭水，醉望阿里山。岁岁中秋月，两岸月共圆。

## 西溪子·春光

青帝又到辽东，野花姹紫嫣红。杏花雨，杨柳风。掇来春光入梦。浑河水，大桥东。

## 参观现代文学馆

漫逐东风入圣堂，
百年文史纪沧桑。
宗师不朽留宏著，
神笔如龙集锦章。
卷卷旧书含血泪，
行行遗墨荐炎黄。
《春》《秋》老李挥巨笔，
《雷雨》曹公叹国殇。
鲁迅凝思投匕首，
郭公豪颂火凤凰。
《子夜》喻知天将晓，
《茶馆》蕴报破晓光。
冰心后继写风骚，
代有文豪入汉章。
千古文章忧乐事，
诗人命笔写兴亡。
时代风云抒肝胆，
豪情不尽涌春江。
高唱鸿歌颂盛事，
国运兴荣文运昌。

## 井岗五龙飞瀑<sup>①</sup>

龙王生五女，

相约下凡尘。

霓裳分五彩，

婀娜各含情。

风韵天下秀，

仪态皆锁魂。

春秋弄倩影，

晨夕皆迷人。

青龙舞玉练，

黄龙浴金盆。

赤龙撒珍珠，

黑龙幻飞凤。

白龙化玉女，

一笑百媚生。

姐妹相约会，

悠悠离龙宫。

迎风梳秀发，

腾云舞彩裙。

青松结伴侣，

翠竹作知音。

松涛伴吟唱，

溪流弄瑶琴。

清幽净寰宇，

神采耀太阴。

风韵迷中外，

飘逸笑古今。

雾开千嶂秀，

云敛万景新。

龙潭弄皎月，

飞瀑凝诗魂。

幽幽仙境美，

娟娟玉女心。

不做瑶台客，

宁做井冈人。

此游堪一醉，

梦中复追寻。

①井冈山有五龙潭瀑布，青龙潭名碧玉，黄龙潭名金锁，赤龙谭名珍珠，黑龙潭名飞凤，白龙潭为玉女。五潭相连成一青流，传说五龙为龙王五女下凡后变为五条飞瀑。

# 独秀峰

峭峻耸天立，

平地起孤峰。

南天矗一柱，

独秀美其名。

紫袍系玉带，

朝霞辉映红。

天梯攀高处，

石阶三百层。

登高观胜景，

桂林一望中。

漓江山水碧，

十里桂香浓。

小坐读书岩，

松涛动晚风。

# 夏吟

春去风渐热，
夏临日转长。
野鸟鸣高柳，
乳鸭戏浅塘。
芰荷十里秀，
梅子千树黄。
葡萄新珠翠，
蔷薇满架香。
榴花红映户，
清影月临窗。
退休闲无事，
秉烛读诗章。
午梦风兼雨，
天公夜送凉。
更深人不寐，
伊人在远方。

# 天平山纪兴①

苏姑三月杨柳新，
天平又次再登临。
都道苏州多圣贤，
范公祠堂中外闻。
范公一生靖廉洁，
浩然正气贯古今。
不恋高位谋私利，
不重浮名轻死生。
不跨骏马尚步行，
不爱巨财赠乡亲。
不建豪宅居旧室，
不食华宴乐安贫。
不媚君王争直谏，
不畏权贵正气伸。
不以物喜失雅志，
不以己悲伤元神。
先忧后乐留佳句，
铁骨铮铮励后人。
奇石嶙峋如风骨，

丹枫霞蔚见赤心。

清泉澄澈歌淡泊，

大江澎湃慰忠魂。

云山茫茫江水泱②，

山高水长情意深。

姑苏何幸有哲贤，

英风千古天下钦。


①天平山平山系范仲淹家山，山下有范仲淹祠堂。

②此句见范仲淹《严先生祠堂记》，系范仲淹赞严子陵情怀的，引用此句，

以赞颂范公。

卷二
瑛卷

# 赠江、柳二学友

初春三月，我去哈尔滨投奔长兄，准备在哈尔滨参加高考，江、柳二人到沈阳送行。在南湖公园畅谈，规划未来，后洒泪告别，作诗记之。

空对江如练，
辜负柳似梳。
柔丝千万缕，
无力系离舟。

1959.4 沈阳

# 寄故园

野旷星垂地，
秋深月桂华。
遥思故庭树，
霜叶可如花。

1965.9 克东

## 赠内

诸儿不在膝，

无人奉劳辛。

餐餐君顾我，

事事我怜君。

2001.6沈阳

## 题铁背山餐厅

门对层层岭，

窗含点点帆。

堪忧家国事，

一醉暂陶然。

2002.7抚顺

# 柳泉吟①

泉冽柳丝长，
青山古道旁。
蒲公留墨处，
千古有余香。

①柳泉任于博山蒲家庄东500米，现已修成一井。蒲松龄当年在泉边柳荫置椅、桌、茶水和笔墨，供往来行人休息且采风，为写作积累素材，因泉边有一株大柳树，故名柳泉。蒲松龄因之被称为柳泉先生。

2004.6淄博

# 夜读①

明日姗姗若有情，
南窗窥我伴孤灯。
今宵发奋读出苦，
他日云端看峻峰。

①正在高中二年读书，从诗中可以读出当时的抱负和理想，也能读出当年
的无知和狂妄（后注）。

1956.10抚顺

## 赠同学

似剑春风削残冬，
群星闪闪各争明，
金秋喜踏京都路，
谈笑泛舟北海中。①

①北海指北京北海公园。

1958.3抚顺

## 毕业前赠学友

尚未离别已神伤，
此去生涯万里长。
他日相逢重携手，
北海泛舟共举觞。①

①北海指北京北海公园。

1958.6抚顺

## 偶成

枕石潭边醉水鸣，
依松峰顶羡苍鹰。
人间烦恼抛天外，
水白悠悠山自横。

1996.5 清原

## 春夜喜雨

好风携雨满苍穹，
四野群峰皆潜形。
心系西畴春事紧，
枕上听雨待天明。

1997.5 清原

## 元宵节

元宵节时，四子女均在外地工作、学习，只有我和老伴在家，思念之情油然而生，作诗记之。

南窗醉依看烟花，
厨下老妻正煮茶。
夜静相怜闲对月，
涓涓话语到天涯。

1998.2清原

## 千山夹扁石

少年不解世辛艰，
信口空吟行路难。
夹扁石中三百秒，
人生顿悟六十年。

1999.7鞍山

## 咏雪

狂风暴雪铺天来，
一色风骚百色衰。
樵者惊魂失前路，
茫然翘首辨炊烟。

2001年1月沈阳

## 讲台

三尺讲台执教鞭，
一生荣辱顿消然。
答疑解惑拊真理，
松骨筠风天地间。

2001.5沈阳

# 清原下湖风景区（十二选四）

## 一

小溪九曲伴吾行，
夹道青山耸翠屏。
我与群峰相对笑，
相知相恋永相诚。

## 二

山高劈峭苦攀登，
汗透衣衫兴犹浓。
斜倚白云醉幻境，
静心侧耳品涛声。

## 三

斜阳带雨半阴晴，

百岭隐约飘渺中。

云绕不知身所处，

山风送我到巅峰。

## 四

空濛四野雨潺潺，

访古探幽意正酣。

遥望当年浴血处，[①]

满山霜叶色如丹。

①附近有抗联旧营垒，抗联王敬斋师长殉国处。

2001.9清原

## 踏青

幽香诱我过斜桥，

百鸟争鸣遂柳梢。

蜂蝶乱飞花丛闹，

金银漫撒草原娇。

2005.5北京

## 偶感

长恨秋风送华年，

颓然掸指一瞬间。

余生憔悴莫虚度，

半读诗书半悟禅。

1996.10清原

# 回哈尔滨

四十年后返江城，
新迹旧踪两互容。
历尽沧桑斯楼在，
叫人垂泪忆华龄①。

①1960年，我在哈尔滨锅炉厂锅炉制造学院教高等数学。当时，我只高中毕业，虽然自学了高等数学，但与教好这本课程有大的差距，所以每天起早贪黑备课，虽然很累同，但很充实。这段时光令人回忆，这次回哈尔滨专程去原校址去看一下，尽40年岁月，该楼尚在，现为一小学校址，回忆当年情景感慨系之、叫人垂泪。

2001.7哈尔滨

## 旅居夜雨

游山游水两相依，
夜雨巴山伴老妻。
明日漂泊无定处，
何人来信问归期。

2003.7 乐山

## 爱晚亭

爱晚亭中爱晚晴，
夕阳漫染万山红。
黄昏已近应抖擞，
奋力再攀几座峰。

2006 长沙

## 陌上柳

少妇寂寞踏春时，
欲同桃花比倩姿。
勿见多情陌上柳，
东风撩起万缕丝。

2007.6北京

## 秋夜

清辉雾冷远山濛，
村酒稻香味半浓。
才了夏蝉秋虫续，
吟风咏月有和声。

2008.10北京

## 海角天涯（海南）

身轻无惧也无求，<sup>①</sup>
海角天涯任我游。
极目苍穹云万里，
沐风栉雨不歇足。

①前人云"有子万事足、无官一身轻"。

2010.8 北京

## 南天一柱（海南）

地厚天高盘古开，
共工怒触不周山。
擎天五岳微亏力，
一柱南天欲比肩。

2010.8 北京

## 游北京北海公园

弱冠相约北海游，
雏鹰折翅梦难酬。
如今华发游斯地，
物似人非涕泗流。

2012.9北京

## 清原大孤家父母旧居①

清流环绕是吾家，
庭满果蔬篱满花。
归来荷锄一笠雨，
溪头取水备饮茶。

①旧居已成一片废墟，被蘺草掩埋。

2012.9清原

## 谪居山村

谪居山野意如何，
溪水桃花晓梦多。
岑下开荒种豆薯，
清晨雨后看新禾。

2012.9 抚顺

## 油坊街故居院内

七十年前秋夜时，
庭前绕膝口吟诗。
群童携扇捕萤后，
犹坐篱边听促织。

2012.9 抚顺

## 祖父学馆旧址①

茅屋草含一先生，
教育儿童十几名。
山雨秋风破牖入，
争相夺席也听经。

①前两句为祖父所作。后两句已记不清，故由我续之。

2012.9 抚顺

## 归家①

相邀千里共归家，
笑语欢声噪暮鸦。
共备晚餐无肉粟，
野蔬玉米煮窝瓜。

①1969年，父母被下放至清原县大孤家西南沟。1972年大哥在江苏，二哥在新疆，我在黑龙江，四弟在父母身边，我们相约一起回清原探视。当时，家中无肉缺粮，大多煮玉米、蒸南瓜以充饥。

## 清泉①

当年泉水仍甘甜，
不见慈亲取水徊。
跪地泉边觅旧蹟，
丛生蒿草掩尘埃。

①在父母西南沟故居后，一眼泉水，夏不枯、冬不冻，是生活用唯一水源，这次同四弟回去，故居已不见，被一片荒草掩埋，唯见这一眼泉水尚在，母亲却已仙逝多年。

2012.9抚顺

## 乘风九霄

我欲乘风上九霄，
银河竞棹逐波涛。
故园回首寰球小，
妖雾邪风日渐高。

2013.9北京

## 品茗

一杯绿茶一杯春，
独品清香亦可人。
高谈畅评天下者，
如今只在梦中寻。

2013.10 北京

## 春分

十里桃霞杂柳烟，
泉吟鸟语弄和弦。
春光过半恐春去，
踏月赏春夜不眠。

2014.3 北京

## 立秋

暑热余威仍尚存，
蝉鸣高树蝶双飞。
知时最是浦中雁，
振翅长吟备南归。

2014.9 北京

## 立春

升腾阳气与天齐，
灿灿春光沐古稀。
昨夜梦中慈母嘱，
春寒料峭善更衣。

2015.2 北京

# 立冬

残秋风扫势如催，
红叶千山化蝶飞。
载酒整装再抖擞，
幽燕赏雪不须归。

2015.11 北京

# 小寒

小试牛刀寒渐威，
寂寞晓星冷月沉。
雪原旭日悲孤赏，
玉树迎风谁共吟。

2015.12 北京

## 大雪

雪借风威雪更浓，
江山尽改旧颜容。
层林顿作千株笔
饱蘸琼汁写碧空。

2015.11 北京

## 冬至

从今冬韵淡趋稠，
长夜沉沉晚梦悠。
煮酒吟风仰雅士，
登高望月叹星疏。①

①童年在故乡，晚上望天空，银河闪烁、星斗满天。最近二十余年，走过很多地方，寻找那灿烂星空，都不曾见，北京还好，也只发现十几颗星，令人感叹。

2015.12 北京

# 大寒

北风狂吼雪横飞，
万马不嘶路断人。
莫道肃杀冰百尺，
寒临极至便逢春。

2015.12 北京

# 元宵之夜

元宵之夜赏家山，
户户祖茔灯火喧。①
父母孤凄寝处暗，
有无乡里送灯回。

①故乡习俗，每年元宵之夜，要在祖坟前送灯、烧纸、放爆竹。

2016.2 北京

## 题大伙房水库售货小亭

　　九月初，偕同学三人游大伙房水库，水库初建只有拦河大坝，游人甚少，但水光接天，群峰叠嶂，心甚怡然。忽暴风雨骤至，一小时始停，我们在售货亭中躲雨，作诗以记之。

大堤截河断，
小亭解客乏。
青山兰地角，
碧水绿天涯。
雨恶限云羽，
风妖毁物华。
服务态度好，
永是游人家。

1958年9月抚顺

# 游哈尔滨植物园

青天远并大，
万物茂亦华。
雨后柳丝绿，
风吹燕子斜。
凝神思殿阁，
昂首看云霞。①
何处觅乐土，
碌碌走天涯。

①殿阁指科学殿阁，这里指高等学校。

1959.5哈尔滨

## 忆严慈双亲

薪微尽孝少,
位贱愧严慈。
病笃因医误,
命殂恨乱时。
贤德闻梓里,
诗赋见才思。
夜静思难寐,
枕边泪洒湿。

2004.10淄博

# 颐和园

满园轶事钦，
处处鸟声闻。
西岑腾峰壑，
长廊写古今。
登山追紫气，
临水觅知春。
谁解凭栏意，
徒生万里心。

2005.6北京

## 景山怀古

遊园思故国，
举步辩遗踪。
铁骑关山北，
洪流渭水东。
难觅擎天柱，
唯寻夺命松。
沧桑虽正道，
触景也伤情。

2005.7 北京

# 登黄鹤楼

黄鹤云端去，

大江天际来。

顺流望宁沪，

逆溯忆兴衰。

指点江天润，

评敲崔李才①。

临风堪一醉，

何日再登台。

①指崔颢、李白。崔颢的诗"黄鹤楼"和李白诗"登金陵凤凰台"在伯仲间，难分高下。

2007.7武汉

# 登岳麓山（一）

云雨来衡岳，

波涛下洞庭。

望江忆屈子，

攀顶看芙蓉。

万里江山秀，

百年才俊雄。

此身临圣地，

正气荡胸中。

2007.8长沙

# 香山碧云寺

钟声引我来，
古刹隐松间。
大殿悟天道，
神溪结碧潭。
无缘酬乐土，
有幸谒中山。①
拾阶登高处，
寒峰失暮烟。

①寺中有中山先生衣冠冢。

2008.10北京

## 滁州醉翁亭

秋日登高处，
巍巍一古亭。
溪泉滁翠竹，
霜露染丹枫。
宿鸟争烟树，
寒蟾升雾峰。
再享山水乐，
又悟醉翁情。

2008.10滁州

## 岳麓山爱晚亭

午涉湘江水，
暮临爱晚亭。
一溪青竹翠，
百岭杜鹃红。
水澈沉奇石，
风轻浮晚钟。
先贤呐喊处，
万古仰高风。

2009.5 长沙

# 关羽

忠义千秋仰，
骄矜误此生。
安刘走冀北，
放曹悔华容。
抗命拒吴使，
奉旨讨樊城。
孔明应自愧，<sup>①</sup>
天柱损江东。

①东吴使者诸葛瑾到成都讨荆州，诸葛亮建议刘备先归还长沙等三郡予东吴，刘备不太同意。诸葛亮向刘表示，既使主公有旨让云长归还，云长必不肯，只送个空头人情。后云长果真拒不执行刘备旨意，由此让关云长得罪东吴，自己做好人。后又命关羽北代攻樊城，又不派人协助关羽，使关羽夹在吴、魏两国军队之间，安能不败。如诸葛亮不是有意为之，就是重大失误。

2009.8北京

# 游三峡（和景琇诗）

喜乘通天水，

浪淘百事空。

托孤先主泪，

伟业禹王雄。

老猿裴逝水，

神女怨湘风。

心系巫山月，

流连不忍行。

2009.8北京

## 附景琇游三峡原诗

一江飞天外，
两岸蔽日空。
雾掩千嶂秀，
涛惊万壑雄。
天光入水色，
山雨化江风。
直挂云帆去，
又向万里行。

1993 年 11 月三峡舟中

# 附景璞兄和诗

大江穿硝谷，
呼啸震云空。
巫峡惊涛恶，
夔门巨浪雄。
猿啼啸冷月，
帆动走寒风。
醉眸望神女，
浮槎万里行。

2001年5月无锡

# 赠琇弟

已近古稀年，
案边文似山。
胸中藏珠玑，
笔下涌波澜。
云路尧天润，
家山涧水甜。
欲穷金龟火，<sup>①</sup>
河汉竞征帆。

①金龟指太阳，四弟是太阳物理学家。

2009.12北京

# 赠诗翁

策杖行吟累，
蹒跚天地间。
品茗听细雨，
踏露访青莲。
远市湖山净，
近都尘雾喧。
暑湿夜正短，
当午好安眠。

2012.5北京

# 马蔺吟[①]

家山何处觅，
马蔺满沟川。
黛色浑如玉，
花香幽似兰。
冰心酬碧野，
逸彩颂蓝天。
守望晨与暮，
康庄焕故园。

①2012年应故乡村史编写组之托，要我和四弟写一首关于马蔺的詩，置于封面，故乡油坊街古称马蔺沟，以马蔺多而名，此诗为和四弟合作而成。

## 吾庐

步月思桑梓，
登高重晚晴。
推窗闻鸟语，
出户见花红。
杨柳拥阶绿，
松竹绕宅生。
春来効陶令，
垅亩乐无穷。

2013.5 北京

# 大漠之歌（和景琇诗）

梦中游大漠，
月夜渡黄河。
佛国惊呼至，
慧心顿觉多。
琼楼闻韵妙，
命笔赋诗和。
起舞古丝路，
仰天独放歌。

1997年6月清原

## 附景琇原诗

大漠之歌

佛光起大漠，

瑞气溢天河。

丝路佳客至，

阳关故人多。

飞天谁共舞，

渭城我吟和。

劝君再把酒，

耒唱逐曰歌。

1996年10月中日太阳物理讨论会中

甘肃敦煌

# 青川至柳河途中

满目青葱翠欲滴，
一川烟雨洗征衣。
花舞婆娑迎迁客，
风送幽香过小溪。
山径蛇行入飘渺，
农舍星罗见依稀。
虫鸣鸟语皆悦耳，
水光山色也堪奇。

1969.7 延寿

## 春至

春至已临五月天，
黄花碧草柳如烟。
霜凌古道寒蟾冷，
云横荒原落日圆。
岭上明媚桃吐蕊，
谷中幽暗雪增寒。
经年旧雨疏佳讯，
一叶丹心系故园。

1980.5 克东

## 雪后赠友人

寒光朔气北风牛，

勇闯冰天跃马游。

雪织素纱赠大野，

松泼黛墨染荒丘。

江山指点添英气，

今古评说减宿愁。

东隅已失桑榆短，

还须秉烛度春秋。

2000.1 沈阳

## 谒蒲松龄故居

暮年始来谒君庐，
未审先生责怪无。
浊洒秋风愤落弟，
孤灯夜雨写奇书。
亦真亦幻扬泾渭，
或谕或讽寄鬼狐。
愿借蒲公如炬笔，
好为黎庶作惊呼。

2004.6淄博

# 述志（赠友人）

谈经论道本无求，
不计青山几度秋。
回首平生称快事，
放眼桃李满神州。
铁骨铸梯欣顽健，
丹心化烛也风流。
人生漫漫路修远，
夹道红花开不休

1984.9清原

# 回大孤家

## 一

山当面立路疑穷，
路转峰回四望通。
晨曦初抹林如染，
暮霭低垂树浮空。
居身远市无尘念，
放眼青岗有禅情。
把酒临风忆往事，
白云深处有遗踪。

## 二

三十年后故地行，

无边往事更分明。

溪头老树栖稚弟①，

山巅古道走尊翁②。

破壁残垣迎归客，

霜枝劲草傲秋风。

恶梦重温心莫悸，

明朝旭日依然红。


①父母在大孤家西南沟住，四弟在大孤家中学工作，回家时要走八里路，河边有一老树，四弟常在树下乘凉休息。

②父亲在生产队看果园，每日在山顶小道上往返数次。

1994.9清原

# 游八达岭长城

群山紧锁铁关森，

历尽沧桑总费神。

遍地悲鸿思怨女，

长空归雁忆昭君。

逶迤万里腾峰壑，

璀璨千秋耀古今。

月里嫦娥偶回首，

凭栏又起故园心。①

①据称宇航员在太空中回望地球，唯能见到的人工建筑是万里长城。

1995.8北京

## 赠友人

长记当年沦落时，
酷暑寒冬两由之。
白日登高狂舒啸，
中霄立月苦吟诗。
坦荡胸怀家国事，
锦绣文章远近知。
且喜东风送暖早，
犹恨桂花开太迟。

1994.10清原

# 忆昔

少年意气思纵横，
家训十年趋走庭。
赤子苦读书有路，
老母忍见榜无名。
孤村冷月愧妻女，
炼狱荒原累父兄。
老来哪堪思往事，
抚伤拭血痛难平。

1998.5清原

## 秋日登高

岁入深秋重晚晴，
登高试脚访红枫。
莫恋山腰白桦秀，
且喜峰巅丹叶浓。
千里云霞山近远，
百岁光阴路纵横。
暮霭沉沉托落日，
余光缕缕奉苍生。

1998.11 清原

# 攀岭①

苦攀岭顶何所求，

松涛鸟语也悠悠。

小城风貌一览尽，

浑水波涛万古流。

风挽花魂春已逝，

心为形役老方休。

登高堪醉舒筋骨，

长啸狂歌竞自由。

①暮春携妻攀小城北岭顶，妻问余攀顶何求，余作诗以答之。

1999.5 清原

## 回首

海内传经三十年，
敢将道义铁肩担。
已托明星升碧野，
也扶雏燕上青天。
愧无宏文迪才俊，
喜有丹心告聖贤。
华发金秋歌淡泊，
东篱采菊也悠然。

1999.9 清原

## 病中

三月春来岁转阳，
冰城风雪仍猖狂。
床上偶闻风折树，
梦中犹见雪拥窗。
事业成败皆空幻，
人生祸福亦迷茫。
老来久疏身外事，
只为儿女费思量。

2001.3哈尔滨

# 飞

千里崦嵫一日还，
穿云破雾上青天。
仰观玉宇重重碧，
俯看白云朵朵莲。
近靠瑶台厌神籍，
远离尘世恋人间。
家山已是百花媚，
更觉高空不胜寒。

2006.6赴成都飞机上

# 游乐山

## 一

我自空中越剑门，
俯瞰蜀道也消魂。
一山霞霭驱疲意，
三水波涛洗洒尘。①
西接逶迤千岭雪，
东连毓秀百城春。
蜀宫歌舞今安在，
我自多情吟古今。

①乐山脚下，岷江、大渡河、青衣江三水汇合。

## 二

冒雨谒山情更浓，

龙潭虎穴也从容。①

势吞呼啸三江水，

气压磅礴万壑峰。

惊雷千钧惩历鬼，

凌云一笑估苍生。

仙山雾漫沧茫里，

风送暮钟断续声。

①龙潭、虎穴为景区两风景点。

## 三

渐入圣山渐消魂，

整衣敛容已躬身。

乐山有灵多名士，

心海无私少俗尘。

佛理恢弘杂念断，

民风淳厚古贤存。

坐听呼啸三江水，

愿将余生作蜀人。

2003.7乐山

# 登峨嵋山

万里赴川夙愿遂，
登云披雾访峨嵋。
青筠弄影赏新月，
金顶惊魂盼晓晖。
绝崖拔地观霁雪，
银河落天看翠微。
欲乘佛光飘渺去，
挣脱枷锁纵情飞。

2003.7 媚山县

## 谒成都武侯祠

一祠共祭君和臣，
独步千秋绝古今。
白帝托孤明主泪，
呕心沥血老臣心。
祁山故垒三秋月，
夜雨秋风五丈吟。
大厦将倾损独木，
躬耕垅亩梦中寻。①

①孔明出山之时，曾嘱咐其弟诸葛钧，在南阳躬耕，自己辅佐刘备事业成
功之后，也回南阳躬耕垅亩，看来是无法实现了。

2001.6成都

# 抚顺大伙房水库

## 一

思念故乡大伙房，

梦中屡屡见汪洋。

浪浮危岑现孤岛，

水映群山写碧章。

雾霭蒸腾云万里，

波涛澎湃慧八方。①

何当须庾返桑梓，

取水湖中作酒尝。

①鞍山、辽阳、沈阳、营口等很多地方都用该水库水。

二

喜回梦中大伙房，
泛舟把酒忆沧桑。
颓然老态湖中影，
趣事童年水底藏。
满目山峦浮翠玉，
千山菇果送幽香。
水清气爽舒心肺，
仙境人间在故乡。

三

告别多姿大伙房，
山山水水总牵肠。
娥媚赏月无诗韵，
岳麓品茗少茶香。
洞庭烟波唯廖廓，
西湖纤美赖梳装。
八方美景皆堪醉，
只是心中唯故乡。

2004.7抚顺

# 致璞兄

离多聚少奈何天，
骨肉同胞总挂牵。
震泽孤舟吟朗月，
京华古寺醉云烟。
故园联句怀先祖，
江塞遣诗鼓锦帆。
淡泊人生疏权贵，
乐天皓首两悠然。

2005.10 北京

## 芦沟桥

历史风云起芦沟，
雄狮怒吼震环球。
硝烟散尽沉阡陌，
正气常存射斗牛。
又历沧桑思强国，
愿将血肉筑金瓯。
东倭时有妖氛起，
新月天边似吴钩。

2005.7 北京

## 游北京香山

半山残绿半山丹，
又是中秋访岱峦。
晴翠湖边欣魚跃，
香炉峰顶羡鹰旋。
夕阳落叶催华发，
古寺疏钟入远烟。
北望登高寄旧雨，
班烂秋色共尧天。

2005.9北京

## 秋日登长城

日丽天高步履轻，
红枫引我上长城。
云舒云卷幽燕润，
雾聚雾消关塞雄。
万里山河留眼底，
百年荣辱系胸中。
诗魂遥寄青天外，
耿耿此心报国情。

2008.10 北京

# 路

小路山中蜿蜒行，
暗风迷雾乱云横。
路东绝礘路西谷，
身前滂沱身后晴。
忽堕深渊悲路暗，
喜登高岭看花明。
人生百岁堪书处，
应是奔波在路中。

2009.5 北京

# 春吟

日暖冰融万象新，
禾苗绽绿色初匀。
东风有意花千树，
夜雨无声价万金。
紫燕衔泥觅旧宅，
雄鸣啼晓报佳音。
清辉澄澈松间月，
朗照农家万户春。

2003.5

# 夏吟

闪电雷鸣急雨狂，
山肥水阔草凄芳。
云霞变幻识虹彩，
雾霭蒸腾掩翠嶂。
翠柳青葱丝缕缕，
大江澎湃水泱泱。
炎炎赤日烈如火，
喜看熏风浣绿装。

2013.8北京

## 秋吟

秋雨秋风霜露寒，
梧桐落叶罢鸣蝉。
长空高远云微淡，
大野斑斓色近丹。
归雁写天去南蒲，
苍鹰拔地入青天。
千村万落溶溶月，
霍霍磨刀待试镰。

2006.10 北京

# 冬吟

寒流滚滚铺天来，
暴雪狂风下九垓。
琼满层林迷晚梦，
玉雕绝礕幻瑶台。
一色江山悲孤鼬，
四時草木叹荣衰。
敢叫文章增寒韵，
相约塞北不思回。

2016.12 北京

## 乐山至峨嵋山车中

蜀山蜀水蜀风浓，
异草奇花杂竹松。
卧水长桥通圣处，
依山农舍隐仙踪。
野蔼飘香时断续，
斜阳带雨半阴晴。
从今解脱书生累，
心寓山川效醉翁。

2003.7 乐山

## 都江堰

白云深处水悠长，
划破群峰一大江。
伏龙阁前烟缭缭，
望娘滩畔水茫茫。
千秋永垂古今史，
一水中分内外江。
最是恢宏二王庙，
涛声日夜总激扬。

2003.7成都

# 登岳麓山（二）

山走龙蛇势纵横，
江天廖廓气空濛。
峰峰古木参天树，
代代英才济世雄。
怒讨东倭惩厉鬼，
悲歌铁壁佑名城。
水牵远岱连衡岳，
峰送青流下洞庭。

①抗日战争时期，三战长沙，给予晖重创，共歼敌十万之众，我军指挥所及炮兵阵地设岳麓山上。

2007.8长沙

# 遊北京十渡

一程一景两濛濛，
如梦如痴入画屏。
雾埋群山峰隐现，
溪穿百涧水斜横。
长河九曲拒胡马，
绝壁千寻筑铁城。
求道访仙愁觅路，
应临十渡辨迷津。

2008.6北京

## 感事而作

路长漫漫雾如尘，
何觅青池洗汗痕。
小民那堪思国是，
玉壶应许贮冰轮。
案前读史空垂泪，
梦里闻檄犹献身。
李广终生无侯位，
叫人千古寄情深。

2011.12北京

## 社区公园纪事

闹市喧嚣终不歇，
小园觅静一墙隔。
林间挢径叟牵犬，
场隅竹丝媪唱欣。
学步幼童姿似醉，
春装少女舞如梭。
溪边风浣千株柳，
情侣依偎细语多。

2016.6 北京

# 山雾

云敛雨初晴，虹悬两岭间。

山色碧如玉，天光净似兰。

幽谷起白雾，如絮亦如烟。

微风轻轻拂，形态呈万千。

仙女舞素缟，深情向蓝天。

雪莲开万朵，秀美在人寰。

山腰飘哈达，佛光笼前川。

忽如白羊卧，又似玉兔旋。

白鹤忽展翅，飞入云海间。

凝目望山谷，唯见万木轩。

何处觅仙境，心中独怆然。

2004.8北京

## 峨嵋山金顶观云雾

登上金顶仰天呼，
高举双臂向穹庐。
追风揽月抬望眼，
宇宙似在天海浮。
万仞绝崖拔地起，
谷底腾起千丈雾。
白雾弥天与云接，
浮起山峰埋山麓。
朵朵白云开白莲，
悠闲参差飘四处。
座座山峰杂其间，
犹如海岛星罗佈。
山风吹落白莲花，
花瓣变幻结白绸。
条条白绸长万里，
两端垂在天际处。
白绸起伏舞银蛇，
白绸轻盈展犹舒。
一条白绸绕百峰，
千峰万峰半有無。
无教银蛇集结处，

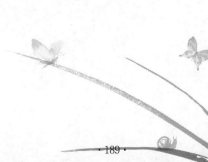

不尽云海垂天幕。
黑云压山山欲摧，
波涛滚滚空无物。
黑云横天大如盘，
势将暴雨倾盆注。
黑云垂地天地暗，
弥天大雾埋天柱。
只闻钟声不见寺，
难分眼前竹与树。
猿猱望空只悲啼，
禽鸟难飞皆栖木。
登山士女皆迷茫，
不知此身在何处。
忽如万马奔腾疾，
飒飒山风驱迷雾。
万里长夜净如洗，
云裂天开丽日出。
遥望西方莽昆仑，
万条玉龙腾空舞。
遥望东方春万里，
犹见长江入海处。
登上金顶我为峰，
佛光送我千里目。

2003.8 峨山

卷三
琇卷
———

## 晨登月牙山

揽来茫茫晨雾

送走一轮秋月

登上山巅高处

迎风缓步浩歌

　　　　　　　1959年秋抚顺七中

## 雄鹰颂

绝岩高耸

乱石穿空

一只雄鹰

掠过苍空

搏击双翅

上下翻腾

任雷雨交加

漫天罡风

它还是勇敢地向前飞行

啊，不屈的雄鹰

哦，无畏的雄鹰

只有那雄鹰一样坚强的人呦

才能登上那科学之峰

1960年春抚顺七中

## 春神慕我好年华

清风柳絮纷飞蝶

细雨桃花烂漫霞

我览群书慰秀色

春神慕我好年华

1961年春抚顺高中

## 寄克东

### ——寄三哥

苍山旭日大江流

跃舞长空一鹭鸥

信寄荒原飞渺渺

思随嫩水去悠悠

征途烂漫眉应展

前路崎岖心莫愁

热血豪情翻作浪

雄心大笔写神州

1962年冬抚顺后葛布街

# 走进北京大学

迈开青春的脚步

离开亲爱的故乡

啊告别了

北方迷人的雪夜

和眷恋的山野春光

走向那庄严的青年时代

那广阔生活的海洋

怀着激情、欢乐和幸福

怀着年轻人金色的理想

带着祖国交给的神圣使命

走进我最向往的科学殿堂

学习

学习

我将在这里渡过宝贵的六年时光①

那海上白帆正鼓满长风

那云头乳燕已展开翅膀

一个祖国的年轻斗士

来到他第一个岗位上

它将付出呵

永远燃烧着的热情
永远使不完的力量

①当时北大理科学制6年。

1963年9月北大

# 遥寄深山唯素心①

三年共勉

九龄情深

阔别天涯无一字

遥寄深山唯素心

怎能忘

厚望深情急煞我

拼将努力为人民

①陈九龄，高中同学，像姐姐一样关心。

我的同学，一位农民的女儿

1964年春北大

## 我啊欢乐

我啊

欢乐

课堂上驰骋着我的思索

驾起那神思的风

采集知识的云朵

化作纷飞的雨

灌注智慧的长河


我啊

欢乐

实验室里凝聚着我的思索

用我双眼和心

观察那迷人的景色

在知识的底片上

摄下变换的一切


我啊

欢乐

阅览室中驾驭着我的思索

走进知识的密林

摘下丰收的硕果

在心田播种创造的种子

化作繁花开遍科学的原野

1964 年 12 月北大

# 我愿意

我愿意

终生工作在实验室里

默默地勤奋地耕耘

直到停止呼吸


我愿意

在最幸福的时刻

蘸取激情的墨

畅书心中的诗意


我愿意

一生一世不停息

洒尽青春的血泪和汗水

去灌注科学的园地


我愿意

竭尽毕生的精力

用头上的白发

去换取科学的春意

可是啊
也许我会一事无成
也许我的名字早被人忘记
但我高呼我愿意

是的
我愿意
像猛虎依恋深山密林
像苍鹰沉醉在浩瀚的天宇

1965 年 5 月北大

# 写在七二年第一个春天

这是七二年第一个春天

也是我们生命中一个新的起点

在祖国这偏远的可爱的山乡

共同的理想把两颗心紧紧相连

春风吹过北国的大地

也吹进我们的心田


春天开始了

人们该播种耕耘

我们的新生活开始了

该怎样把明天安排


该怎样把明天安排

这问题本来简单

我们不想做名园的花草

也不愿做高楼的顶尖

只想做一棵普通的种子

扎根在人民中间

只想做一块普通的砖石

在祖国大厦的脚下把重担承担

我们不稀罕那豪华的吃喝

更讨厌那时髦的打扮

生活会苦一些吗

即使艰苦又有何为难

困难正好激励斗志

使人勇敢

会不会有琐事带来忧烦

也许口角会引起伤感

我们是情海最深处的波浪

那渺小的池沼才会枯干


春天开始了

明天就万紫千红

我们的新生活开始了

未来注定是辉煌灿烂

　　　　　1972年立春清原县大孤家乡西南沟

　　　　　一个只有八户人家的小山沟

## 请记住昨天的誓言

请记住昨天的誓言

昨天——

在美丽的燕园

未名湖畔

在巍峨的长城

烽火台边

在江南水乡

长冈月夜

在秀美的颐和园

知春亭前

想着未来生活的道路

想着祖国的明天

也想着我对祖国的责任

和亲人的期盼

那是多少灿烂的清晨

那是多少庄严的夜晚

殷盼着

期待着

像战士等待冲锋的号角

像航船挂起远征的风帆

如今——

生活开始了

战斗打响了

是工作的时候了

是拼争的时候了

还能够安安稳稳

手轻脚慢

还可以怕付辛苦

去做懒汉吗

哦朋友

请记住昨天的誓言

> 1974年3月由清原县大孤家乡
>
> 奉调县气象站做气象员

## 暑假归来寄我妻

不忍言归期，临别情依依
相视虽无言，已有心相知

挥手只数日，已盼相见时
一身怎无挂，夜半枕边湿

父母均年迈，娇儿尚绕膝
千辛与万苦，贤惠唯我妻

天高望不断，路遥力莫及
只有心相许，日夜陪伴你

何物天地间，伟大无以比
我言为母爱，能使冰山滴

为母严教子，切莫稍迟疑
学习多督促，品德勤教育

只为澎与湃①，巨树参天起

他年皆成才，我今何憾意

为媳敬父母，感你殷勤意
代我尽孝心，美德人赞誉

好事唯多磨，人生本不易
第一不可缺，信念与勇气

一切为未来，幸福需争取
终会北海边，举杯庆团聚

我今何所报，奋斗不歇息
早日学成就，捷报告我妻

美色不能侵，富贵不可移
恩爱到白头，甘苦总相依

①汪澎、汪湃为我们的一双儿女。

1980 年 10 月中国科学院研究生院

## 我的思念

### ——献给你三十五岁的生日

当夜空缀满繁星

我思念那北国的山城

你也许刚刚入睡

那脸上挂着泪痕

那晶莹的泪珠啊

那为我而流的泪啊

像照亮夜空的繁星

也照亮我的心

又像那草叶上的露

而我是那草叶

承受着露珠的滋润


当和煦的春风吹拂

我思念那清幽的山谷

你那平静的声调

多想小河淙淙

"我不管什么出身，

我只希望真诚"

那本来平常的话语呀

在那个奇怪的时代
是多么令人珍重
在我冰漠而荒芜的心田上
响起了春的脚步
是的
希望的种子本不会僵死
春天一来就会萌动


当山野绽开那素色的小花
我总想起你那平静的笑容
你不修饰
也不美丽
恰像这素色的山野的花
没有袭人的芳香
也没有艳丽的姿容
但是
以自己仅有的一切装点大地
没有嫉妒甚至没有希求
像山野素色的花呀
坦然、淡雅而娴静


当金凤送来秋的芬芳
我总觉得像节日来临
秋天的一切都像你啊

总让我感到熟悉和可亲

大概是喜欢秋天吧

当你刚刚来到人间

老实的不识字的父亲

把你叫作"秋芬"

而你竟这样地长大了

奇怪地像你的名字

朴素无华

又充实而芬馨

默默地做事

老实地为人

平常的外表

金子般闪亮的心


每一个飘雪的早晨

我总是不能平静

一幅圣洁的画面

雕刻在我的心中

那是北国严冬的早晨

寒风卷着大雪

冷月低垂天空

年轻的母亲把孩子搂在怀里

伫立在大风雪中

钢浇铁铸般坚定

我不知你等了多久
大雪已铺满了你的肩头
当我急切地走出车站
望着你冻得发白的脸
看到孩子却生生的笑容
我不敢再看也说不出话
只有转过脸去
任苦涩的泪水奔涌

每一个雨后的傍晚
我常记起那难忘的夏日
你送我走上求学的路
一路踏着残雨
爸爸刚被送进医院
妈妈又病在家里
澎刚刚五岁
湃还奶在怀里
而你呀
却毅然地让我前去
可是当我走出家门
回望那昏暗的小屋
我的温暖的家啊
它像巨大的磁石
而我铁铸的双腿

每迈一步都无比吃力
临别
你只有一句话
"学的好坏别着急，
但要注意自己的身体"
多好的妻子啊
而我为什么把一切担子都推给你
记得你多次说过
"我不指望你有多少出息，
我只要你自己"
而我啊
却总是迷恋那希望的花园
把无边的寂寞留给你


当身体受疾病纠缠
当思想有卑怯复生
我总不能不想起你
想起你那柔嫩的双肩
单薄的身影
那双肩担起的重担
那身体抵御的寒风
这时
有良知在心中聚集
有勇气在周身升腾

我知道自己

不比先哲也不圣明

人的弱点我都有

智力也本来贫穷

但我追求明天的理想

我珍视人间的真情

像喜欢那春天的原野

吹过温柔的风

像喜欢那清澈的碧霄

飘过游丝般的云踪

一件平凡的琐事

都使我以泪洗面

几句真诚的话语

常让我无法平静


日月久远

山河永恒

为了你的品格

你的尊严

你的忠贞和深情

为了一切善良的心

我要燃尽我生命的一切

1982年4月昆明凤凰山云南天文台

# 寄九龄、秉正、淑梅诸学友

少小同窗难相逢

相知尽在不言中

孜孜不息因何事

落落双鬓为谁生

只缘童心常伴我

更有正气冲天穹

但为中华真善美

不忧清苦却畏请

1989 年 9 月北京中关村

抚顺高中同学王淑梅来访

## 峨嵋吟

久闻峨嵋秀

今得山中吟

留连乐忘返

一秀醉我心

灵岩滴翠色

碧水溢清音

暮云栖巨谷

晓雨润洪椿

古寺细品斋

神水喜涤尘

惮房听佛理

月下议天文

仰面浴杉风

回眸看竹云

犹为天上客

恰是画中人

山行不觉晚

百里鸟相闻①

却笑山居士②

纠缠撕衣襟

归来说登攀

犹觉境意新

崎岖苦亦乐

金顶再登临

①此处借用古句。

②峨嵋猴的雅称。

1989年10月峨嵋雄秀宾馆

"太阳活动区物理讨论会"

# 书赠秀娟同学

一别三十年

相见不相识

唯有豪气在

芳心少年时

无华凡非俗

矢志顽且痴

征途正漫漫

万里一相知

1992年10月北京中关村

## 客居赠日本友人

山川藏秀色
礼仪悦宾朋
酒暖客贪杯
馐珍主多情
铃兰自幽香
小屋溢雅风
月入泉声里
晓至鸟鸣中

　　　　　　1993年9月日本乘鞍铃兰小屋
　　　　　　中日第二次太阳物理讨论会

## 咏志

五十知天命

小憩再启程

境安须防惰

资深不贪名

求学意在新

处事贵以恒

矢志当无悔

做人莫负情

显位视云烟

虚名若浮萍

海滩喜拾贝

荒野任躬耕

1993年10月北京中关村

## 游三峡

一江飞天外

两岸蔽日空

雾掩千峰秀

涛惊万壑雄

天光入水色

山雨化江风

直挂云帆去

又向万里行

1993年11月三峡舟中

## 登高

岁末登高处

满眼草木枯

唯见松积翠

偶闻鸟飞突

冰湖托玉盘

余霞辉天幕

巍巍燕山顶

已待朝日出

1993年末怀柔太阳观测站

## 祝学生研究生毕业

急功易短视

近利总伤神

淡泊方明志

远思恰怡人

知足应常乐

不平要奋进

唯有真情在

可以慰芳心

1994年6月北京天文台

# 如果我们真爱这片土地

我们有一样的土地

一样的天空

一样的太阳

甚至一样的沙漠

……

但我们贫穷


为什么

我大声地问自己

我不解

我愤怒

甚至嫉妒

我的心在哭泣

在两千五百多年之前

当我们之外的世界依然一片洪荒

我们的先祖已经说出

"三人行必有我师"这样的圣哲之言

可是时间却把我们狠狠地抛在后面

为什么


我们曾受人欺负

被强盗掠劫

这耻辱真能忘记

不

软弱才受欺

可是我们为什么软弱呢


我们还有安慰

可以去比今天的俄国

或那战火中的中东

不

不要这卑微的逻辑

难道我们真希望自己最糟最穷


还有什么

我们人多

我们的资源不足

但君不见

那个臃杂的弹丸之国

却悄悄掠走我们的资源

在我们的空间求繁荣

难道偌大的神州

还要向他们乞讨吗

我们有了进步
是的
对外边的世界
电闪雷鸣般让人震惊
这理由如此简单
因为四分之一的地球在苏醒
但我们不必去听那恭维
在诗一般的梦境中憧憬

征途漫漫
何处坦程
我们还要去克服很多
除了贫穷
还有我们的愚顽
我们传统中的糟粕
我们拼争中的失误
我们还要去学习很多
特别是
去认识自己的不足
和他人的进步
去理解追赶的艰难
和任务的急促

时间从来不属于迟到者

它已经在敲警钟


奋起

觉悟

如果我们真爱这片土地

请与共荣辱

如果我们真爱这里的人民

请与同甘苦

不要空话

不要托词

是工作的时候

不要相残的妙计

不要囊私的图谋

是协力的时候


百年沉默

百年苦斗

让大唐盛世

重辉天日

让五千年文明

弘扬宇宙


让深山里的孩子

都背起书包

去追逐心中的彩虹

让每一户人家

都能洗上热水澡

享受人类起码的文明


也许

这希望过于低微

辉煌的未来正在前头

中国难道不能富强吗

中国啊

母亲的国度

1994年10月加州理工学院校园

## 答我的女儿

"爸，你不害怕吗？

一个人去闯异国他乡的世界"

不，孩子

也有踌躇

也曾却步

但前面

总是你要走的路

有陌生的环境向你挑战

给你理智

使你成熟

有人类文明的阳光普照

有人们共同的感情相通

带着自信

总有你的坦途

"爸，你不孤独吗？

望他乡明月

远离亲人和故土"

孤独

无限的孤独……

当你爱得越深

越柔情似水

就越感离别的痛苦

爸爸生来懦弱

是天生的情种

但真情和挚爱

总是世上的珍宝

是人生的幸福

这幸福带着苦涩

因而也才隽永


"爸，你会忧愁吗？

当陷入困境

或有病痛的时候"

孩子

忧愁与人生同在

它是欢乐的孪生弟兄

人有春风得意

也有逆水行舟

但不必自寻烦恼

无须借酒消愁

人常说

阴雨过后总是明朗的天空

去做你热爱的事
忘掉一切
全身心地投入
当你受到伤害
像野兽躲进草莽
去舔干自己的伤口


"爸，你怎样打发时光？
当百无聊赖的时候"
去投入大自然的怀抱
那是母亲温暖的肩头
躺在轻轻的草地上
去欣赏每一朵小花
登上高高的山顶
去拥抱山野的风
站在海滩上
看那永不停息的波浪
漫步风雨后
回眸天边的彩虹


"爸，你爱流泪吗？
人们说
男儿有泪不轻流"
是的，孩子

可是我总是无法控制

那时而汹涌的激情

泪只要不是装的

总是最不掩饰的真诚

爸爸的泪

很少为痛苦而流

总是为一股不可遏制的冲动

哪怕是听一段深情的话

看一个优美的故事

为一段真挚的爱

看两颗心灵的相通

为我钦佩的伟大气节

为我见到的真正的人生

我都会热泪盈眶

甚至哭啼失声


"爸，在异国他乡

什么是你最开心的时候?"

是听到说

中国还好

和人家比一比

看到自己些许的进步

我们的民族受过太多的苦难

任何平安和发展

都使我受宠若惊

当我做过什么

一次报告

或发表一篇论文

让外国人用尊敬和钦佩的目光

望着这个不高的中国人

我总觉得无比的幸福

但我知道

我们期盼的

还没有到来

你看我们还如此的贫穷

什么时候让全世界都刮目相看

说中国

是富强之邦文明之都


"爸，你什么时候最傲慢

最想向别人进攻？"

那是被人蔑视的时候

特别是这蔑视不是对我自己

而是对中国人

这个曾经被人蔑视的民族

我会一反常态

像被激怒的野兽

用从未有过的流利的英语

不顾一切后果

向蔑视者进攻

直到让对方钦佩或折服

爸爸生性温和

又多愁善感

常进退维谷

但骨子还硬

从来不会认输

几千年的正气

造就了我们如铁的信念

似钢的傲骨


"爸，你告诉我

什么是你最直接的追求?"

这追求实在简单

也许每一个中国学者都有

我只希望

在自己学科发展的历史上

赫然写下

我

一个中国人的名字

让人们说

这是中国人的成就

也许几代人之后

人们还会记得一个中国学子

在当时困难中的奋斗

最好

我参与创造的知识

还能对后人有用

至少为新的探索

做一棵问路的石头

1995年法国墨东天文台

## 怀柔春晚

群山欲静水波平

春鸟归巢蛙未鸣

碧色馨香客已醉

晴光晚照月初升

1995年9月怀柔太阳观测站

## 特那瑞芬的早晨


我坐在教堂的花园里

我不知道主是否与我同在

在来到西班牙的第一个清晨

他赐给我从未有过的宁静和安闲


在开满红花的树上

鸟儿在尽情歌唱

在溢满阳光的碧空中

月亮还闪着俊丽的面庞

晨光狂吻着新绿

微风漫洒着花香

绿草地上

吉祥的孔雀在悄然散步

小池塘里

高洁的天鹅舒展着翅膀

远处是火山留下的秀美的乳峰

耳边是大西洋岸边不息的波浪

圣诞树向碧空伸展双臂

仙人掌合十沉思默想

这时教堂的钟声响彻

在海天之间回荡


我的心早已融入这美丽的清晨

没有黯然

也没有怅惘

永恒的宇宙的美丽

总是驱我烦恼愈我创伤

每当忧思难禁

只要在大自然的怀抱

我总有欢愉和舒畅


在这美丽的特那瑞芬的早晨

我思念那云天浩渺的故乡

我多么希望和你

我亲爱的朋友

一起把这美景分享

1996年9月西班牙特那瑞芬岛

# 啊，我孤独的小船

我不知道
在一万米的高空能够看多远
飞机下是无边的大海
无边的孔雀蓝
懒散的白云
衬在海的上面
像小丘
像孤岛
像起伏的山峦

这时在茫茫的大海上
我看见一只小船
好像一动不动
躺在云的下边
只有两道细细的水痕
告诉我它在破浪杨帆

我在极力地搜索
在无边的海面上
可有谁与你为伴

可是

我只看见你啊

我孤独的小船


大海无边

何处是你的尽头

视野之外

那里是你的港湾

可有蓝鲸为你劈浪

可有海豚戏跃船舷

可有鱼群伴你远游

可有海鸟栖你桅杆

你可曾感到寂寞

你可曾有些孤单

你还要走多久啊

有谁在把你期盼

天涯无垠

你怎敢试足

归期无望

你如何忍耐


我不敢多想

我孤独的小船

如果我是你……

1996年10月赴马德里飞机上

## 大漠之歌

佛光起大漠

瑞气溢天河

丝路佳客至

阳关故人多

飞天谁共舞

渭城我吟和

劝君再把酒

来唱逐日歌①

①夸父逐日

1994年10月敦煌飞天宾馆

第三次中日太阳物理讨论会

# 在奥斯瓦

我从来没有这般宁静

在一个美丽的清晨

在奥斯瓦

在法兰西宁静的村庄

面对银白色的晶莹的雪山

雪山下苍莽的松林

松林怀抱的开满鲜花的草场

阳光早已凝固

在草的新绿

在雪的银白

在花的艳丽

在教堂钟顶的闪光


静静地

缓缓奏起的

是大自然永恒的交响

山泉拨动神奇的竖琴

松涛把管风琴奏响

群鸟欢乐地合唱

偶有教堂的钟声

悠远、和谐与安详


我静静地躺在这青青的山岗

不去思考

也不愿联想

像一个只会吃奶的婴儿

贪婪地吮吸着母亲的乳浆

只让阳光溢满我空寂的心谷

还有春风吹拂

带来山野的芬芳

让山间的小溪也在那里流淌

还有珍珠般的朝露

把鲜绿的草叶滋养

还请那白色的黄色的

蓝色的和紫色的小花

也在我心谷中开放

1997年4月法国奥斯瓦

国际天文联合会学术会议

# "二月兰"

透过浓密的树丛

荒杂的野草

我看见那紫色的小花在开放

那是我的"二月兰"

她娇小地伏在地面

像贴着母亲的胸膛


我想起家乡的月牙山

那儿时难忘的时光

在那个寒风料峭的二月①

在故乡的小山上

山沟里仍然有积雪

满眼是残冬的苍凉

当我们来到那向阳的山坡

眼前是一派惊人的景象

无数朵紫色的美丽的小花

沐浴着灿烂的晨光

像成群的紫色的小蝴蝶

在阳光下抖动着美丽的翅膀

这不知名的山野的小花
给我无限的惊喜和欢畅
我给她取名叫"二月兰"
从此
这名字就再也没有被遗忘

那是迎着寒风的柔弱的小花
那是早春最早装点大地的绚丽的小花
那是春晖里唱歌的幸福的小花
像紫色的梦
永远地融入了我的思念和神往
那是少年纯洁的友谊
那是游子炽热的乡恋
那是第一次被理解的大自然的美
永久地注入了我的心房
这美丽给我终生的免疫
来抵御人生任何烦恼和忧伤

从那以后
我远离了故乡的亲人
天南地北
高山重洋
上下求索
两鬓已霜

当我走进大熊湖边浓密的森林

当我站在特那瑞芬云中的山岗

当我走过第聂伯河岸

当我漫步在苏格兰草场

每一次

只要看到我的'二月兰"

这娇小的紫色的小花

我就会激动不已

热泪盈眶

我都会被重新激发

注入无穷的能量

为我的梦

我的爱

我的童年

我的亲人

我的追索

我的无限的思念

我永远挚爱的故乡

①旧历二月

1997年4月于北京天文台

沙河工作站

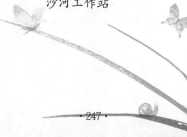

## 墨东晚晴

落英满地

处处鸟啼

芳草接天

梧桐玉立

流云疾驰

蓝天若洗

彩虹凌空

明光映碧

树静风疏

花香乍起

石径微平

细雨依稀

少年多情

相拥相依

老者孤独

爱犬为侣

我独漫步

乡思无羁

他乡虽美

何日归期

　　　　1997年5月巴黎墨东天文台

# 美丽的大熊森林

美丽的大熊森林

我梦牵魂绕的地方

当我从地球的另一面重回你的怀抱

已经历了多少人生的欢乐与忧伤


当我孤独一人从大洋彼岸

来这里追寻人生的梦想

大熊湖明丽的阳光

把我带入科学的殿堂


当神秘的宇宙将我吸引

让我忘记一切为她神伤

你用宽厚的爱拥抱我

让我得到勇气和力量


躺在你用松针铺就的温床

静静地倾听你小溪欢乐的乐章

让松风拂去我身上的征尘

看小花在我身边如痴般开放

在你怀里

有我青春的泪

当听到远方母亲的病痛

思念久别的亲人和故乡


当另一颗心从远处向我走来

你也曾记下我的困惑和迷茫

从此在我人生的长途

还有一个人会为我祝福让我怀想


从这难忘的大熊森林

我开始了人生新的远航

任何风浪和险阻

都不曾将我阻挡


只为理解这宇宙的美丽

只为酬谢这人间的真爱与善良

我注定要不息地追索

在漫长而修远的求知路上

1997年9月美国大熊湖天文台

## 他乡月明

故国中秋

他乡月明

天涯独步

处处离情

莽莽松涛

落落秋风

流云飞逸

月朗星疏

心事如潮

万籁俱静

茫茫琐事

浩浩人生

月不同辉

人难同影

何日归去

在你怀中

1997年11月大熊湖太阳天文台

# 献给我的朋友

像碧空飘逸的云

孤傲而浪漫

但当你疲倦的时候

哪里是你歇息的群山

像海上孤独的小船

扬着自由的风帆

当当风暴袭来

哪里是你避风的港湾

像系着露珠的草叶

唱着春的礼赞

但当严霜相逼

谁为你挡住风寒

不

你为什么不是那大海的水

柔情无限却能凿穿似铁的岣岩

你为什么不是那高山的松

经风傲雪郁葱葱笑依苍天

1998年8北京科学园南里

# 释刘公岛

问青天碧海

旭阳初月

铁槛雄狮安在

恨昏庸腐败

丧权辱国

汝昌饮恨

世昌殉国

生灵涂炭

宝岛割舍

华夏民脂肥东倭

万里神州悲切

此恨未平

此仇未雪

犹见刘公泪洗面

似闻威海夜悲歌

男儿有志

满腔沸血

洒酒祭英灵

自强为强国

2002年5月山东大学威海校区

# 依旧桂花香彻

深秋时节

依旧桂花香彻

太阳盛会

忽见骄阳似火

书山劈荆棘

学海斩狂波

亚太争雄

欧美敢与搏

志凌云

气如虹

心似铁

知如海

行如剑

力拔山岳

怕什么艰难险阻

莫理会弄簧巧舌

更不问利禄与勋爵

大哉造化

人生几何

天道酬勤

情系不舍

且奋起

莫蹉跎

但为我大中华

谱新歌

2004 年 11 月桂林

全国太阳物理学年会

## 妈妈呀

小时候，

离开父母到山庄。

我总爱躺在青青的草地上，

把天上的白云端详……

"妈妈呀，

在哪一片云的下面，

你在把孩儿念想？"


到老了，

父母离我去仙乡。

我常在漆黑的夜里，

把美丽的星空打量……

"妈妈呀，

那一颗星是你啊，

在把儿子张望？"

2006年3月法兰克福机场

# 慧中北里邮局取书

垢面披发顶沙尘

急去邮局取"完真"[1]

兄到古稀犹奋笔

童心鹤发一诗神

[1]《完真集》，长兄汪景璞诗集，作家出版社（2015）。

2006年4月风林绿洲

## 玉渊观樱


拥碧双湖
映月柳桥
留春花径①


樱花时节
玉渊坛内
春意正浓


如玉粉面
一点红唇
绿鬓高擎


花如伊人
伊人似花
万种风情


①均为玉渊潭景点。

2006年4月玉渊潭公园

## 海南三亚纪行

天涯海角
天涯今渡步
海角未踌躇
浮生当无憾
万里起长风

日月石[①]
日月交辉耀
水天入苍穹
海誓山盟在[②]
何处觅芳踪

①南海日月交会石。

②海誓山盟石。

亚龙湾

银沙环碧海

彤云镀晚晴

醉卧涛声里

天地一孤翁


南海佛苑

未许南山愿

常怀东海梦

贯一复不二③

律己为苍生


③贯一、不二系佛家箴言。


不老松

古闻龙血树④

今见不老松

无意妒栋梁

何事悦樵农


④传不老松系龙血滴落而生，不成材不易燃。

南天一柱⑤

千古风复雨

万代晦与晴

南天擎一柱

从此天不倾

⑤南天一柱系一巨石立于天涯海角。

2007年2月于三亚日地物理研讨会

# 给昀弘

圣诞刚过

依然凛冽的寒冬……

这时

一束阳光落地

大地欢笑了

万象恢弘

你是阳光

驱走连日的迷雾和阴冷

你是恢弘

晴朗朗万里碧空

你带来温暖

让这世界暖融融

你带着希望

让未来灿若彩虹

你是我们欢乐的小天使

是上天最昂贵的馈赠

你是我们的爱

我们美丽的外孙女

昀弘

2008年元旦风林绿洲

# 写在中大校园

天上是漂亮的云

让月儿欢乐地穿行

地上是秀美的树

任风儿把琴弦拨动


校园里是俊俏的少男少女

用青春把明天和希望耕种

我知道这八千年古国的文明①

将重新辉耀宇宙的天穹

①在台北"故宫博物院"看到8000年前精美的玉环。

2009年12月台湾"中央大学"校园

# 却把豪情寄少年

年逾花甲未得闲

案上书文去又添

总为曜灵疏旧友

偶有余遐索新篇

曾经东海难为水

得仰珠峰愧言山

身既老矣心未老

却把豪情寄少年

2010年3月国家天文台

## 玉兰，妈妈的名字

北风呼啸

是凛冽的寒冬

万木凋零

在寒风中颤抖

这是一年中最冷、最冷的季节啊

天上是清冷的光

和铅色的云层


这时

在玉兰裸露的枝头

花蕾孕育了

裹着雪

凝着冰

颗颗向上

丰实而坚挺

如春笋冲破冻土

直指清冷的天空


此刻啊

在那冰冷的花房里

光在积聚

热在升腾

美丽和芬芳在萌生


当还没有一片绿叶伸展

大地依然冷漠冰封

玉兰开放了

温润似玉

璀璨如晶

用奇异的芬芳

把大地万物唤醒


春草绿了

笑意葱茏

柳芽醒了

摇着柔情

紫罗兰乐了

露出粉红色的笑容……

当玉兰花英飞落

大地即万紫千红

从最冷最冷的时候开始啊

在严寒和风雪中育成

用整整一个严冬
把希望和欢乐播种
用你全部的生命的伟力
绽放欢乐和芬芳的梦

玉兰开放了
是世界上最美丽的风景
玉兰啊
妈妈的名字

2014年3月国家行政学院

# 惜别燕园

忆昔青春聚燕园
如今古稀各天边
故园有情衍松竹
沧桑无意蚀韶年
曾怀九天揽月志
犹爱东篱采菊篇
五十年后重相聚
一杯浊酒且欢颜

旧照翻来不忍看
多位同窗已长眠
世忠流芳花蓟北①
晓峰含笑彩云间②
俊和新安江上月③
菊林天目山中泉④
莫道天人总相隔
人间万象有奇缘

惜别燕园春未晓

雪漫青松尚余寒⑤

地北天南三春絮

天涯海角半世缘

逝者如斯斯人老

浮生若梦梦难圆

炎凉阅尽终未悔

且看灯火已阑珊

①王世忠同学生前在张家口外教书育人桃李满园。

②杨晓峰同学生前在新乡气象台工作敬业就业。

③-④佘俊和、钟菊林同学生前为浙江地震事业勤勤恳恳。

⑤1970年3月北大63届、64届、65届同学被"扫地出门"，分配到边疆、工矿和农村。

2014年11月深圳

础研究规划项目年会

# 给昀未

当玉兰把芬芳绽放，
当翠柳把新绿摇曳，
我亲爱的孙儿啊，
你来到了这个世界。

带着东北清爽的风，
携来黄河奔涌的浪波，
还有黄土高原的沙尘，
江南秀丽的春色……

你来了，
在这春天最美的季节。
家中的君子兰也为你开放，
露出久违的笑靥。

我们给你取名叫"昀未"，
你孕育在乙未吉祥的岁月。
让阳光辉耀你的未来，
未来充满希望和欢歌！

愿你幸福成长，
勇敢坚毅、知礼明德。
愿你目光远大，
心智弘博。


愿你得到先祖的福佑，
带着我们的寄托。
当你成为英俊的少年啊，
古老的中华将如旭日喷薄。

2015年3月30日中国科学院学术会堂

# 会场中可爱的"巫婆"

会场中

有一位老太婆

驼着背、踮着脚

从红地毯上走过


染着黑红的头发

带着夏威夷花结

哦，该是未婚的少女

那花儿分明在左侧


她身宽体胖

裙袖婆娑

一笑起来

可满脸皱折


她坐在椅上

椅子可怜地吱咯

等她举起手来

讲演者可就麻烦多多

她提出尖刻的问题
让报告人头昏语塞
又大篇评论
听的人却喜形于色

她随意地踱步
全不管听众如何
又常常举起手臂
像魔棒在握

她年老又丑陋
似可憎的"巫婆"
却可爱又睿智
一位伟大的学者

2015年8月夏威夷
第29届国际天文联合会大会

# 写在2016年1月13日的早晨

我缓缓地跪下
向着东方
那是遥远的塞外
妈妈长眠的地方……
这时凛冽的寒风
刮割在我的脸上
在这三九的清晨
这寂寞的山岗

妈妈，
你把我带到这个世界
已经72年的时光
从我第一声啼哭
到如今霜发飘荡
流淌着你的血
带着你的不屈和刚强
此生多少事啊
纵然千辛万苦
都化作了灿烂辉煌

三十二年前

那个三九的早晨

冰封的塞外北风狂啸

鹅毛大雪漫天飞扬

妈妈恬然长逝

带着痛苦与凄凉

你的爱子啊

却独步天涯远隔重洋

从此悔恨刻在了我的心底

我再也无法把自己原谅……


这时太阳冉冉升起

暖暖地照在我身上

是妈妈

在这三九的清晨

您把我从梦中唤醒

带我来到这红螺山上

又用满天云锦

驱走我迟暮的怅惘

看朝日

冲破云遮雾障

2016年1月北京怀柔红螺饭店

# 一颗小小的榛子

一颗小小的榛子

被虫咬过

还没有长成

就有了疤节

没有人注意到你

在我桌上一个角落

无言地将我注视

安详而静默

没有人知道你从哪里来

没有人听到我心中的哀歌

那是浓密的榛莽

在严寒的北国

是你长眠的地方

凄凉而寂寞

十年动乱将你欺凌

在你青春勃发的时刻

花还没开就被摧残

果没长成就被咬嚼

像这小小的榛子啊

那伤口深深地印在我的心窝

每次面对你

我的心都在滴血

你将伴我余生

直到另一个世界

2016年2月国家天文台

# 腊月十四极寒游森林公园

四九极寒从天落

万里罡风捲枯柯

奥海冰封崩欲裂

仰山松立傲如歌

凌霜银柳花多蕾

向日高林鹊护窝

我与老妻解寒信

云台远望念北国

2016年2月风林绿洲

# 卧病朝阳医院

痛病交加后，方知健为本。

"非宝"实为宝，牵动爱者心。

邻里多古稀，老树如逢春。

太极柔似水，曼舞炫若云。

念己多羞愧，不知爱此身。

小车只管推，碌碌又昏昏。

有病不求医，小恙转深沉。

如今卧病榻，急坏家中人。

此生已六纪，纷杂复芳芬。

振衣亚欧美，濯足天地文。

孙辈乃天赐，儿女皆孝顺。

老妻最辛苦，呵护倍殷勤。

知交多深情，每思泪沾襟。

我有何功德，他人多苦辛。

自当知轻重，莫使病缠身。

唯有健康在，方能担责任。

每每思前辈，羞愧更万分。

八十犹率团，赴美议经纶①。

不敢多奢望，只有勤与奋。

健康过八旬，童心仍未泯。

①北大周培源校长80高龄率团访美，筹划我国高教改革。

2016年9月北京朝阳医院

## 宇宙探索者的歌

在荒漠高山

在海岛冰穹

向宇宙最深处凝视

把生命的原初追踪

对无限的无尽的思考

对永恒的永远的辩证


开阔如晴空碧霄

深邃似寂夜星空

弥漫星云般潇洒

太阳爆发般激情

跃如黑洞之视界

静若微波之背景


像沉醉山水的儒子

寻得清泉品茶茗

如身坠相思的恋人

云想衣裳花想容

如蛮荒中的拓荒者

斩棘披荆却从容

为了科学的尊严
和无悔的人生
为了宇宙的美丽
和痴迷的恋情
我们会不停地追索
带着未曾改变的真诚

2017年11月奥运科学园区

附　录

# 国殇

## 一

可恨国军不抵抗，
悄悄撤离北大营。
白山黑水遭涂炭，
山河破碎泪纵横。

## 二

奸淫烧杀恶魔凶，
放眼山河血染红。
恨无吴钩三尺剑，
缚鸡无力是书生。

1931.9.26 沈阳

## 哭送学友

白山饮泣尸遍野，
黑水含悲血横流。
送君慷慨赴国难，
拼将碧血荐神州。

1931.10 沈阳

## 感怀

家有老父难远征，
空怀壮志咒苍穹。
暴秦总有消亡日，
幽居故土待天明。

1932.3 抚顺

# 有感

避地已无干净土,
帝秦终抱一生羞。
时舛渐觉妻絮累,
家破长怀冻馁忧。
世乱死生微犬豕,
途穷天地一蜗牛。
此身早似三春絮,
一任东风定去留。

1939.6 抚顺

# 游高尔山

## 一

浑河北畔锁阳西，
览胜寻芳醉似泥。
游侣扶栏伤往事，
山童进草索新题。
重重楼阁人文盛，
郁郁郊原树色齐。
何日吴山同立马，
登高一望万峰低。

## 二

迎风小立曲廊前，
极目忽惊别有天。
古殿三楹云护壁，
长堤十里柳飞棉。
春畴渴饮千畦水，
晓日遥看万灶烟。
欲寻人谈天下事，
山林何处有遗贤。

1942.4 抚顺

# 咏史

## 一

舜能负父逃东海，
刘欲尝羹诈项王。
总使太公专太上，
细思往事也神伤。

## 二

刎身耻践江东地，
烹父求争天下王。
刘项分明优劣在，
英雄何必论兴亡。

1943.6沈阳

## 春夜游千山

林木葱茏春色娇，
攀高越险意兴高。
百壶酒赏千山月，
一枕松鸣万壑涛。
雁阵归时黄叶落，
钟声起处晚烟消。
漫游仙境人堪醉，
偶留鸿迹乐更陶。

1944.10 鞍山千山

# 游千山

## 一

簇簇青山列翠屏，
高高石塔勒新铭。
人临夕照贪残景，
叶恋故枝斗晚青。
古寺萧条闻远籁，
僧房寥落隐孤灯。
他年若许长留此，
百丈岩头夜听经。

## 二

行过一峰又一峰，
崎岖历尽意初慵。
山忧尘染偏多石，
木怕霜凋尽树松。
欲助夜游新上月，
偶迷归路洽闻钟。
劝君莫惜樽前醉，
美景良辰已难逢。

## 三

虬枝芒鞋步履轻，

禅关起处老僧迎。

松生云表如龙化，

石假风威似虎名。

迎面山如拔地起，

极巅人似接天行。

流连忘返来时路，

住听钟声远世情。

## 四

通院禅关处处行，

珍禽奇羽不知名。

云峰重重攀援上，

石磴嶙峋匍匐行。

路到平时心尚悸，

身经险处梦还惊。

天公似假游山便，

乞予中秋两日晴。

1944中秋鞍山千山

## 北陵

偶逐游兴驱轻车，
云淡烟轻晚更佳。
辽海秋高斜渡雁，
昭陵日暮乱栖鸦。
朱颜未老詩情淡，
绿茶新醅酒兴赊。
但使他乡堪一醉，
尊鲈虽好总思家。

1944.10沈阳

# 晚游抚顺桥

"八·一五"祖国光复,晚游抚顺浑河大桥,喜不能寐、午夜未归。

羽扇频挥动晚风,
河桥缓步踏长虹。
山围楼阁横斜外,
人立烟波飘渺中。
月入汀痕砂草白,
水摇灯影浪花红。
平生唯有今霄乐,
直到更深兴未穷。

1945.8.15

## 春日郊游

踏步郊原兴致高，
东风十里马蹄骄。
双双蝴蝶偏知趣，
引我翩翩过小桥

1946.5 抚顺

## 纪月

月上山头悬宝镜，
嫦娥整面晚妆成。
无声云汉流天际，
安得灵槎破浪行。

1946.9 抚顺

## 偶兴（二）

### 一

满地苍苔不扫除，
檐前红叶渐消疏。
幽宅终日无人到，
古树低头听读书。

### 二

绕树声声噪小鸦，
闲情无过是我家。
青山着意伸头望，
看我屋中煮苦茶。

1946.19 抚顺